# 浴血武漢

李效顏——著

# 目次

# 【序】

朱西寧

中國歷史上，空前也可能絕後的八年抗日戰爭，如此大事而乏文學作品見予世，其對文學民族的中國人來說，太過不通情理，幾乎說是一大恨事——不只是我們這一輩子的中國作家至為汗顏，每一個打八年抗戰中走過來的中國人，也應深感遺憾。

文建會曾與中央副刊合辦的第一次「五十年代文學研評會」，就潘壘氏所著「靜靜的紅河」與「魔鬼樹」兩部長篇小說予以研評，除敦請夏志清、叢甦兩位教授提出研評論文並回國親自宣講，尚有百餘位作家與會參加討論。「靜靜的紅河」分春、夏、秋、冬四部，其中夏部取材於中國遠征軍的印緬戰役部分戰場經驗，深得與會者的興趣與讚揚，揆其原因，此部的真實感極為動人是其一，更重要的還是抗日戰爭的文學作品成為一種稀珍，難得一見而莫不愛之。足證抗日文學的唯其匱乏，益增其價值與意義與人心的切切需要。

今讀李效顏先生「浴血武漢」長達十四萬言的新作，喜見如此一部地地道道的抗戰文學作品，至為感動。李效顏先生素以報導文學聞世，偶見小說創作皆屬短篇。前此以國軍羈留越南富國島為題材的「異域歲月」長篇小說，披閱之餘已驚為上乘之作，此番得先拜閱「浴血武漢」原稿，益感振奮，不意抗戰文學因「漏網之魚」而忽又顯示：非僅「未到絕望時候」，猶且展出一片海闊天空的正待開發的處女地。李效顏先生今是抗戰勝利相去半個世紀中的一位不計時宜、不忘榮辱悲歡、唯知其礦藏豐富的墾拓者。憑此即就是中華民族偉大的良心的震動了。

「浴血武漢」不以文藻勝，不以架構、情節、裝飾、編排勝王國維云：「唯真情感始有真境界」，讀「浴血武漢」也使唯覺有真情感、真境界，則就自然生發為文藻、架構、情節、裝飾、編排，而無須造作了。所謂「佳構天成」，當為指此而言。故「浴血武漢」之珍貴，即在其真實。

真實本易，然而最難。易在人人皆天賦元性莫不真實，然而今昔聖賢無例行的莫不規正人以歸真為純淨之境，故足見其難。「浴血武漢」作者李效顏先生的置個人榮辱于身外，藉王正平這麼一個小人物體現了他對歷史、民族、文化、祖國大地的不自知覺的真情，唯其無求，所以無得，也所以無失——由是延伸而開展，不自知覺的奉獻犧牲，也才是真正的奉獻犧牲因能無悔無怨，亦無誇傲。小說至此境界，可稱聖品而無愧矣！

# 一、逃出「虎口」，再遇「老總」

王正平翻翻身，想再繼續睡下去，卻發現有人用力的拍著他的肩膀。

「小兄弟，該起來了、該起來了。」

他揉揉眼睛，既不想坐起來，也不想回答。意識裡，一片模糊，好像很久很久都沒有睡得這樣熟、這樣甜了。

「小兄弟，起來，起來！椅子是大家坐的——」

他睜開眼，臉前站著一個穿著草綠色衣服的軍人。三角臉、雙眼皮、一對虎牙、帶著一絲淺淺的笑容。

「小兄弟，咱們一塊坐。」他以手勢叫他挪動身子。

他只好照辦了。但心裡卻有點害怕。他記得奶奶曾經不止一次地告誡他：

「見了『老總』就要跑得遠遠的；他們不是拉伕就是訛人，一個不對勁，就是拳打腳踢那些奉軍呀，簡直就是土匪！」

奶奶說的果然不錯！

徐州淪陷後，他被鬼子捉了去，幾乎喪了小命，弄得滿身傷痕，跟著「山田部隊」一直跑到安徽的蒙城，才找到機會，在黑夜裡逃了出來，險些兒被追擊的日本兵用槍彈打死！跑了三天三夜，挨著飢餓，吃過麥穗子，喝過河水，才逃到有國軍的後方。可是又被「老總」們視為「逃兵」，抓起來編入「扛子隊」，天天不是做苦工，就是挑子彈箱，兩個肩膀和手掌都磨破了，還要挑東西、挖戰壕，那滋味一想起來，就不免有些心驚膽戰的感覺！如今，眼前出現了這些「老總」，他不由人的就哆嗦起來，連汗毛孔都起了疙瘩！

他很想離開這位「老總」。

「小兄弟！」「老總」和藹地笑了：「你怕什麼？咱們一塊聊聊吧。」

他掏了一包菸，抽出兩支，一支叼在嘴角上，一支遞給王正平，順手擦燃了火柴，給自己點燃。

「你抽菸嗎？喏，抽支玩玩吧。」

他搖搖頭，仍不言語，卻站了起來。

「坐，坐……」他以手示意，自己先坐下：「不要怕嘛。不抽菸也沒關係，咱們先坐下來聊聊天嘛，喏，坐坐——」

他只好怯生生地站在一旁，在猶疑著。看「老總」悠閒地吐出菸圈，滿和藹可親的樣子，便緩緩地又坐了下來。

「吃飯了沒有？」

他搖了搖頭。說實在地，他還是昨天中午在鄭州火車站吃了兩個饅頭。後來爬上火車，兩次被槍托趕下來；第三次等到火車開動了以後，才飛奔地跑上去，抓緊了兩車之間的鐵環子，終於被拖到汜水站，因為吃不消風雨的吹打，才在錯車時跳了下來。一直到「老總」叫醒他以前，還沒有吃過一頓飯、喝過一口水，此刻肚子早已經餓得「前牆貼後牆」了。

「說呀？」「老總」笑了笑，露出一對虎牙：「如果沒吃飯，我請客，嘻，嘻……」

「老總」一面吸菸，一面打量著他：

「呀！小兄弟，你受傷了！」他幾乎叫了起來，一把拉住了他的小手：「你看你褲子破了！胳臂肘也爛了！嘖、嘖、嘖……好可憐啊！……這是怎麼回事?!你快坐下，讓我看看。」

王正平身不由己地挨近他的身旁，不知怎的就撲簌簌地流下淚來。那只有孩子受了氣，回到母親的身旁，才會有那種心酸難過的感覺

可是，他是一位陌生的「老總」。奶奶告訴過他，既是「老總」，就沒有個好東西。於是他趕快用袖筒，掩蓋了自己的面孔；但兩個肩膀還在不停地顫抖著。

「小兄弟，不要再哭了。」他挪動了他的褲管，「呀」了一聲：「……你的膝蓋破了一塊，怎麼沒有醫療呢?!走，走，走！到我們醫務室去看醫生去！」

「在哪裡？」他趕快擦了眼淚，第一次轉過身來，正視著他。

「就在車站外面，順著鐵道向前去，再向左拐，大約一二十分鐘就到了。」

「要不要錢？」

「哈哈……小兄弟，怎麼會要你的錢呢？——那是公家的。」「老總」站起身來，甩了半截菸頭：「咱們快去，快回，走吧？」

「走?!」不走怎麼辦？傷口疼痛難忍，又餓、又渴、又累、肩膀又痠、又辣，就像火燒般的難受。好不容易遇到這位好心的「老總」。如果，能跟他吃頓飽飯，喝足了茶水，又敷上了藥膏，那該多開心！

可是，他姓啥名誰？是好人？壞人？這第一次見面就這樣關心，實在令人懷疑。

「走吧，還遲疑幹啥？早去早回，我不會為難你的。」

「好吧！早去早回。」他終於下定決心，也移動了腳步。

「對嘛。」「老總」笑了：「小兄弟，你是不是要去西安的？」

「是呀！」王正平一面跟在他後面，一面驚奇了：「你怎麼曉得的？」

「你自己說的。」

「沒有呀！」

「好，好……說沒說都沒關係啦，我是猜的，哈，哈……請問小兄弟，你姓什麼？叫什麼？」

「我叫王正平。」儘管他有滿腦子的奇怪，還是告訴了他，但他順口問「老總」：「你呢？」

「唔，我姓周，你就叫我「周副目」好啦。」（註：「副目」即副班長）

他們兩個一前一後，走出候車室，越過鐵軌，便順著兩旁的小路，向前走去。

鐵路的東面是一排起伏的山巒，遠近都是丘陵地帶，看不見村莊，卻有許多的牛、羊在河邊吃草，稀疏的樹木散佈在野外，天空中偶而有幾隻小鳥飛過。鐵路左面便是約有兩三百公尺高的土山，山下遍佈疏密不同的葛、籐小樹。附近也有一行行可以環抱的白楊，枝葉茂盛，從樹林裡傳來陣陣「知了」聲，聽起來好熟悉、好親切！可惜這裡不是老家的徐州鄉下，而是遠在一千五百里以外——隴海路的一個小站「新安鎮」。

「還有多遠？」

剛才周副目說的：一二十分鐘就到了，可是走了半小時還沒有到，而且王正平的腳疼、腿疼、渾身像火燒般難受；口乾、舌焦、舉步困難。他真想轉回去等火車，早些到達西安，會見他「開發大西北」的叔父，便可心安了。

「喏，」周副目指著鐵路旁的白楊樹：「快啦！快啦。」

其實，距離白楊樹還遠得很呢。他回頭看看火車站，已經在視線以外了。風吹來有些涼意。不知什麼時候，太陽已被雲霞遮住了。他有種被欺騙的感覺，也有幾許恐怖。他想萬一不讓他回來怎麼辦?!

「轟隆，轟隆……」隱約中他聽到鐵軌的響聲。順著鐵軌沿伸到盡頭，他發現有個小黑點出現，漸漸變大、變大，果然是火車頭！來得好快！冒出濃濃的黑菸，「轟隆隆……」的聲音越來越響，他的心情愈益緊張，心臟的跳動加快，最後幾乎要爆炸了！火車像一陣風似地疾駛而去。

「這列火車正是經過新安，要開到西安去！如果不聽周副目的話，不是可以爬上去，明天就可以到達目的地了嗎?!」他後悔自己的愚蠢！耐性不夠，想貪圖人家的一頓飽飯，給傷口敷點藥，就耽誤了一次西上的機會，實在太可惜了！「唉！」他不禁嘆了口氣。

「喂，小兄弟，嘆什麼氣？」「老總」轉過臉來，訕笑了一下，拍拍他的肩膀：「沒搭上火車，很後悔是不是?哎呀！以後的車次多得很，這次搭不上，就搭下一次，今天搭不上車，明天我送你，保險你一定搭上車，好，咱們走吧，你放心，一會兒，就會回來的。」

火車漸去漸遠，王正平收回了失望的視線，心裡七上八下，真不是滋味！他說：「今天搭不上車，明天送——」你別騙人了！他真想轉回身，以最快的速度離開周副目！可是，他在原地沒有動，身子瘦軟無力、四肢疼痛，他又想：能好好睡一覺才舒服。

「走吧！」一隻有力的手掌拖住了他：「我不是同你說過了嗎？馬上就到；到了營地，好好休息休息、吃飯、睡覺，隨你的便……」

他好像被周副目架著走的，有點身不由己，心裡非常懊惱，人到了這個地步，也就無可奈何了。

他們走下了鐵路的斜坡，過了不久，便進入了一條山溝，溝的兩旁，便是差錯的壁牆，相距四五十公尺，間有高矮不同的雜樹。高者兩三丈，矮者只不過一人多高，天色漸漸暗下來，看上去好像鬼魅似地散佈在各處，令人懷有幾分神秘與恐怖之感！

腳步聲已經響了一頓抽早菸的功夫，王正平發現左前方有一只燈光忽明忽暗。走近了，才看到一位右手托著大刀片的人，正在門前踱來踱去。

「什麼人！」衛兵吆喝一聲，把王正平嚇了一跳。

「我是老周。」

「啊！」他停止了腳步：「你是副目？」

「是呀。開販了沒有？」

「快啦，快啦，呀！副目，你又抓到一個逃兵?!」

「別胡扯，他是我的小兄弟。」他以手示意：「請進？」

這時，王正平只好硬著頭皮，含著不安的心情，從馬燈下面進了木板門；門裡面便是一個大院子，院子的井旁，正有二三十個年輕人在那裡圍著打水、洗滌衣物、有的在洗臉、洗腳、弄得水花四濺、有的在互相嘲笑。一看他和周副目進來，便都壓低的聲音，把視線一致投射過來，有的指指戳戳，有的互相耳語。

他藉著院子裡的燈光，看出這裡沒有一間房子，而是許多窰洞，有些人進進出出。右手是一堵約莫八尺高的土牆，牆上有人影閃動。牆下放著些雜物、竹桿、繩索、晾掛不少的衣服。

「這兒究竟是軍營？還是個大雜院？」王正平心裡在想，但沒有說出來，心中有種怪怪的感覺。

「小兄弟，你就在那邊坐坐。」他指著那排洞口：「那兒有水桶，茶杯就在板凳上，自己動手啊，我到連部，馬上就回來。」

他點點頭，怯生生地走過去，眼睛不斷地掃描著這個新環境。

他在籮筐裡撿了一隻飯碗，用水桶旁邊的另一隻碗，舀了水，倒在自己的碗裡，「咕嚕嚕」地一口氣喝個底朝天，就這樣一連喝了五大碗，還想再舀第六碗。

「老鄉，水多的是，慢慢喝，別脹破了肚子。」

「等下就開飯了，給肚子留點空——」

「沒關係，沒關係，他現在喝水比吃飯還重要。」

「對，」他暗想：「這個人真內行——把心裡的話都說出來了。」

「老鄉，你在哪裡被抓來的？」

「你是哪裡人？」

「？……」

大家都圍攏來說長道短，不知回哪個人的話。最令人刺耳的是，那個「抓」字。他被「抓」了嗎？可是，可是，他是跟著他來的，但是心裡不甘願。好像被引誘、被欺騙了。

「王正平。」周副目從人群裡走了過來，露出一對虎牙：「連長有請——」

「？」他滿臉的問號。

「不要楞啦，跟著我去吧。」

他原來想回答「我要回新安」的，「也不想見你們連長」，但是，「不去」能行嗎？圍著的人已經閃開了。

他無奈地跟在副目的後面。

「小兄弟，光棍不吃眼前虧，在連長面前總要順著點，可不能『別』啊！」什麼「別」不「別」的？王正平不知他說話的含意，心裡十分納悶。

「報告，」副目在盡頭的窰洞門口停了下來。

「進來。」窰洞裡面傳出一個粗獷的聲音。

「裡面是王連長——是你的『家門』，要乖些。」「老總」把他捏得好緊，聲音壓得好低。然後半推半拉把他帶進窰洞。

「報告連長，他就是新來的，名叫王正平。」然後替他介紹：「這位就是我們的連長。」他不知說些什麼。只是下意識地向那位連長點了點頭。

「你是啞吧?!」一個黑影從牆上放大了。那位連長從桌後走在桌前，三角眼放出懾人的光芒，冷冷地呵斥他：「怎麼不立正?!」

「他沒受過軍訓——他是鄉下老百姓。」周副目搶著答。

「放屁！你還替他辯護！哼！」連長板著面孔說：「他一進門，我就知道他是吃幾碗飯的！」

「你老實告訴我，」連長回到座位上，自己抽支菸捲，把菸圈悠悠地吐出來，細瞇著眼，斜著半個臉：「你原來是幹什麼的？叫什麼名字，年齡多大啦？你是漢奸還是逃兵？」

這一連串問話，簡直把他給嚇傻了，張著嘴、瞪著眼，心裡直發毛。窰洞裡並不冷，他卻儘在打哆嗦彷彿腿肚轉了筋事先他就告訴了自己：「要沉著、要大方、要自然，了不起在此地睡一夜，明天就可以起程了」。哪曉得，飯還沒吃一口，就被連長像判官審小鬼似地，喝斥了一頓，真令人有些心驚膽顫；尤其「漢奸」、「逃兵」的字眼多刺耳！多糟糕！多教人受不了！

以前老師就告訴同學們，在「五、三」、「五、卅」、「九、一八」、「一、二八」的慘案中，以及「七七」蘆溝橋事變、日本鬼攻打平、津和「八一三」攻打上海時，都有很多中國人替日本人助紂為虐，所以大家都恨透了「漢奸」的「為虎作倀」，出賣民族。而「逃兵」的臨陣脫逃，貪生怕死，多麼可恥！老實說，他這次去西安找他叔父，就有著投考軍校，將來好能夠以生命報效國家的目的。

連長用這種「漢奸」、「逃兵」的字眼來侮蔑他，真教他發火。

「說呀！」周副目暗暗拉他的衣服，他從意識裡回到現實。

「我……我既不是『漢奸』也不是『逃兵』！」

「那你是什麼？」

「我是難民。」他提高了半個音階：「我已經家破人亡了！」

「你家破人亡可能是真的！」王連長獰笑起來：「可是你從徐州逃到安徽，又從安徽跑到鄭州，從鄭州又摸到洛陽……嘿，嘿，……你是誰派來的？嗯?!」

「不，不……」他連忙解釋：「沒有人派我——是我自己逃出來的；我不願當鬼子的『亡國奴』，所以——」

「你自己逃出來的？跑了三個省份？」

「我，」王正平可急死了：「我可以舉手發誓！」

另一個念頭從他腦海裡掠過：「他怎麼曉得我是從徐州逃出來的？而且經過三省！奇怪！難道周副目洩了底?!一定是他！一定是他！可是他的用意何在？……」

「嘟！嘟！嘟……」院子裡有哨子聲。

「報告連長，外面集合吃飯了。」

「把他帶出去，吃完了飯再來見我。」

「是。」「唰！」地一聲，周副目立正、敬禮，非常乾淨俐落。可是，王正平卻弄得手足無措，也沒有敬禮就想隨著他的手勢走出去。

「回來，回來……」連長在叫他。

王正平傻了！走也不是、站也不是。他看著連長，又望著副目，副目趕快催著王正平：「向連長行鞠躬禮呀？」

他馬上照辦了。但心裡很不自在，也有幾分為難。他走出了連部，內心裡還嘀咕著。

院子裡雜沓的腳步隨著「嘟嘟」的哨子聲，都向窰洞門前集合，洞裡的人還在向外跑。

「快點，快點……」有人在催促著：「晚來的人，就要罰站，快，快──」

「立正──！」站在前面的值星官，看見大部份的人，差不多都站成隊形了，便拉開了嗓門：「向右──看──齊！」

一陣急碎的腳步聲，隨著噪雜的聲音漸漸停止以後，值星官才喊出「向前──看！」接著叫大家：「稍──息。」

「各位注意！」

「唰！」大家都立正了，當時鴉雀無聲，連牆上的人影都不動了。

「去排隊。」副目拍了拍王正平的肩膀，他才打消「我好久回車站」的念頭。但是，他還存有一線希望，他想：「吃了飯，等傷口敷了藥，最多再休息一夜，大概明天就可以離開這片山澗了。」

「喏，」副目緊接著打斷他的思路：「你站在最後一排的末尾。明天再替你編班。」

「什麼？編班？」他瞪著副目。

「你先過去嘛！」

副目不理會他的問話，順手牽羊似拉住他，急忙走到後面去。引起了大家的注意和一小陣低聲的私語。

「不准講話！」值星官吼了一聲，隊伍立刻靜止了。

值星官以後又講了些什麼，王正平一句話也聽不進，只知道大家唱了「吃飯歌」不久，隊伍就解散了。大家一窩蜂似著去找飯筐、端菜、盛湯，大家分成若干小組。飯前的準備工作完畢以後，大家又靜止了。

王正平看了大家，一個個就像些叫化子，衣物長短不一，顏色有深有淺，藉著燈光他瞟瞟大家，每個人的面孔，在燈光的照射下，閃閃發光，不知是汗水還是抹了一層油？一個個好像都是瘦長的，眼睛倒滿大，又放著光。如果走夜路遇見他們，不把人嚇破膽才怪呢！

飯、菜、湯都放在地面上，是什麼菜？燒的什麼湯？他就沒有看清楚。

「筷子，」副目遞給他。

「大家注意！」

「唰！」地一聲，大家都站好了。

「好，開動吧。」他看不清楚來的是什麼人，聽口氣大概是位階級更高的人吧。吃這頓飯還挺麻煩的。

王正平蹲下去想端飯碗，他看大家聽到「開動吧」，怎麼還不動呢？

「噓！」副目一把把他拉直了腰。

「開動！」值星官高叫一聲，大家都紛紛蹲下去，從褲腰抽出筷子，端起了碗，狼吞虎嚥地吃了起來。

「咦，你楞什麼——該開動啦！」副目推了推他。

「奇怪！」他暗忖著，它只好蹲下身子，端起碗，在大口吞飯：「為什麼開動的口令要喊兩次？」

記得在家鄉吃飯都是用「八仙桌子」和椅子，最起碼也要用「案板」、小凳子什麼的；哪有把飯、菜直接放在地上的？那多髒！那只有一些長工、伙計，在收莊稼時，人在田地裡工作，不能回家用飯，才那樣做的。但每樣菜盤下面總要墊點什麼，跟地面隔開。

如今，他也顧不了這些，只是和大家忙著夾菜、添飯、喝湯，氣氛很緊張也很過癮，好像看誰吃得快、喝得多，有點像比賽！不知道叫化子們一塊吃飯，是否也是這樣的?!

在他的記憶裡，從小長到十七歲，無論在家庭、在學校、在親戚家吃飯，都是文質彬彬，講的是「細嚼慢嚥」。吃飯的聲音稍稍大了點，他會被長輩饗以白眼，被譏為「貧、賤！」、「沒出息」！就是在戰亂中，到他鄉躲避戰火，在吃飯時，也要保持幾分規矩，哪有這種亂七八糟，令人好噁心的局面！

一頓飯不到十分鐘就解決了，接著就是打水，各自洗碗筷、餐具「叮叮噹噹」的碰撞聲。最奇怪的是，各自把碗、筷仍然送到自己的窰洞裡。

周副目把他帶到靠左手最後一個窰洞裡，見了一位「正目」。（註：即現在部隊裡的正班長或「班長」。）

正目名叫吳文良，「車」型身材、濃眉、大眼、薄嘴唇鑲著兩顆金牙。聽口音應該是徐州一帶的人。

經過周副目的一番介紹，王正平知道他是邳縣人——屬於徐州八縣之一，被認為是「小同鄉」也不為過。

「連長交代過了，」周副目突然挨近他的身旁，壓低了聲音：「你編入第一班。」

「什麼？」

「你不要緊張嘛。」他拍拍王正平的肩膀：「你能編入第一班，是正目向連長爭取的。你們又是小老鄉，這真是緣份。」

「我——」王正平想分辯，可是一句話也說不出，心裡急死了。正目第二次進了窰洞，笑嘻嘻地拍著王正平的肩膀。其餘的兄弟，有的已經站了起來。想同正目講話，看他面向新戰友，又都自行坐了下來。

這間山洞式的寢室，只有一盞昏暗的煤油燈，燈座就放在凹進牆裡的台土上，燈苗把牆壁薰得烏黑。

他藉著微弱的燈光，看見了這個直筒式的寢室，右面三分之二為地鋪，鋪上盡是乾草。左面三分之一是空地，供大家進出，中間約有一枝十寸圓的樹幹一分為二，平面在下，半圓在上，兩節半圓樹幹相接作為枕頭。大家十幾雙膠鞋、布鞋、草鞋就順著「枕頭」一直排到洞底。室內的空氣含有臭鞋味、陰濕的稻草味及汗臭味，濃重而污濁，令人作嘔。但是大夥都忙著整理內務，似乎沒有這種感覺。

「慢慢就會習慣的。」正目的金牙閃了閃：「這種直筒式的寢室，冬暖夏涼，住一萬年都不需要修理。」他問大家「對不對？」

「對！」大家都不約而同地吼起來！把王正平嚇了一大跳！

「這種寢室好不好？」

「好！」大家都同聲地附合著，好像火燒屁股那樣怪！也有點滑稽。

「好就好，大家都在一塊幹麼連『吃奶』的勁都使出來了！要是被娘聽到、看到，她不嫌這些人是瘋子才怪呢！」王正平心裡在想著。

「聽著沒有？」副目過來告訴他：「以後也要吼啊！老百姓有老百姓的一套——」

「對！」正目接著插嘴說：「做軍人也要有軍人的一套，做軍人就是要有精神，動作要一致！回話要一致。」他問大家：「對不對？」

「對！」又是一陣吼聲——連耳膜幾乎被震破了。

正目接著替大家介紹王正平。

所有的人都猛拍巴掌。他看到十幾雙眼睛都對準他，怪不是味兒。周副目曾答應他要去醫務室的，吃了飯大家都被集合在窰洞裡，一條線坐在地舖上吼呀吼的，「包紮傷口」的事却一字不提，看樣子是「霸王硬上弓」——是要叫他當兵了；可是，那也要徵求他的同意呀！

王正平憋著一肚子的氣，勉強地向大家點點頭。

「你不高興是不是？」正目立刻收斂了笑容，警告他：「你要放明白點，這裡是軍隊，進了軍隊，就不能隨便——要聽長官的話。這裡有吃、有喝，又不要下田幹活。有了病痛，馬上請醫生給你治療，做軍人哪點不好？」

「做軍人好不好？」他轉臉問大家。

「好！」

「好不好？」正目提高了嗓門。

「好！」大家回答更響亮。

「只有一個人說『不好』。」

全體弟兄都楞住了，氣氛很緊張。好幾秒鐘都鴉雀無聲，彷彿都在期待著：看到底是那個楞小子說「不好」！

正目却一字不提，眼光從靠近他的第一名慢慢看到最後一名，又從排尾看到排頭，把每個人看得提心吊膽，看得每一根汗毛孔都豎起來！正目的視線最後落在王正平身上；他由迷惘、煩躁、緊張、害怕、臉孔抽搐了幾下，嘴角使勁往下拉，終於「哇」地一聲哭了起來……

二十多天以前，家鄉被炸、突圍、被俘、槍口對著腦袋瓜、一路上忍飢、挨餓、腳鴨子的水泡被磨爛了、火車開動了、被槍托子給搗下來、渾身摔得傷痕累累，他也沒有流過一滴眼淚。可是，這次在眾人面前被誤解、受辱，所有眼光的制裁，尤其正目的不滿，簡直比小刀子穿心還要痛苦……

「我還沒有說『是你』，你就受不了了！不是你，哭什麼，呃?!」正目狠狠地瞪了他一眼；「哼，沒出息！」

正目接著又說：「本來，抓回來的逃兵，一律要打個半死的，我向連長再三求情，才把你交給我『看管』的。因為咱們是老鄉，看你滿臉的書生氣，又是逃難在外，怪可憐的，你想：我能待你不好嗎？——」

稍稍停頓了一下，正目又轉過臉來對著大家：「我原想替大家介紹個新弟兄，可是，沒打他、沒罵他，他竟然哭了起來，真丟我們老鄉的人！」

「嗚嗚……」王正平的哭聲更大了，胸部起伏得更激烈：「我不是逃兵！我是老百姓……嗚嗚……」

「胡說！」正目大叫一聲。

「……」王正平瞪大了眼睛，停止了哭泣，這下嚇呆了！他原來坐在正目身旁的小凳子上。不知怎的，竟「唬」地站了起來！一隻巨大的身影，把正，副目的身子給擋住了。這真出乎意外！

「哼！」正目冷笑了兩聲：「你要怎樣？——造反了不是?!」

「不、不……我是老百姓！道道地地的老百姓……」

「老百姓?!哼！老百姓一個人能從徐州跑到安徽、再從安徽跑到鄭州、洛陽……你吃什麼？喝什麼？你帶了多少錢?!你睜眼說瞎話！……你瞞得了我嗎？」正目站出了王正平的身影，兩顆金牙在閃閃發光。然後，他偏著臉，用眼角瞄著王正平：「你以為穿著老百姓的衣服，我就看不出你是逃兵?!哼，那你錯到底了——」

「我——」王正平想要申辯，卻發覺有人扯他的衣角，副目向他使眼色，便把嘴頭的話，給嚥了下去。

正目並沒有理會他只滔滔不絕地打開話家匣子說他從前在喜峰口居庸關用大刀片跟鬼子肉搏戰的情形。

「……那時我手起刀落，鬼子的腦袋，就像菜瓜似地紛紛落地，一個個都滾到山溝裡，餵狗——」

接著正目又談到「七七事變」時，他在蘆溝橋同鬼子作戰，如何前仆後繼，英勇殺敵：

「子彈從耳旁邊飛來飛去，哪有一個當孬種的?!」

他指手劃腳，越說越起勁，唾沫橫飛，好像一下子回到宛平縣的戰場，重現當年的威風似地。直到院子裡的哨聲再起他才回到現實。

「外面集合！」他高叫一聲，舉起右手，退到洞口外面，叫大家：「快，快，快……」

# 二、百鍊成鋼戰士

第二天早晨，王正平被一片急促的腳步、噪雜聲吵醒。

「快！快……」

「集合啦！」

「跑出來！跑出來！」

王正平睜眼一看，大家正在穿衣服、結鞋帶，有的人跑出去不知忘帶了什麼，又跑了回來，使得他也緊張了起來。

「快！快！」

周副目慌慌張張跑了進來，一手拽著他的手臂：

「剛才我把你拽起來，怎麼又睡啦！」

「什麼?!」王正平的腦子昏沉得很，再仔細想想，好像在迷睡中被誰踢了一腳，拉了一把，接著又恍恍惚惚地跌進酣甜的夢中——。

「別楞啦！快穿衣服！」副目不耐煩地警告他：「你這樣慢是不行的——會挨揍！」

他趕快穿上衣服、鞋子，站起來，立刻「哎喲」了一聲，接著「嘖、嘖、嘖——」他閉上眼，緊皺著眉頭。

「怎麼啦，怎麼啦？」

「膝蓋好疼、好疼啊！還有胳臂肘、渾身都疼、嘖……」

「你奶奶個熊！」正目氣沖沖地走進來：「我的大少爺，你是要下蛋了還是生孩子？呃?!」

「我、我、我……疼死了！」

「又要哭！又要哭！我還沒揍你呢！眼淚那麼不值錢！屁！你要賴也要給我滾出來！快！」

他只好像個瘸子似地，一拐一拐很困難地走出來。

「他摔傷了。」周副目告訴「金牙」。

「他昨晚來的時候，不是好好的？」

「金牙」有些不相信副目的話，但還是把王正平打量了一番，向副目擺擺手：「好吧！那你就留下來照顧『病號』吃了早飯以後，帶他去看醫生。」

「是！」副目舉手、立正，「唰」地一聲，既乾脆又有精神。

全院子的腳步聲，逐漸停止，出現在面前的是六行的「便衣隊」。有高、有矮、有大、有小，從他們的衣著看來，是各行各業的老百姓，其中要以汗漬斑斑、圓頭、短髮、純樸的農家子弟佔大多數。每個面孔好像都缺乏營養，睡眠。眼睛呆滯而無神，縱有幾張胖嘟嘟的面孔，但都蒼白、困乏，顯得非常憔悴。

「張德功！」

「有！」

「李得勝！」

「有！」

「……」

各排都在點名。凡是點到的人，都要舉手、立正。等到下一名被點到名的時候，原來的人，才能放下手臂，恢復原來「稍息」的姿勢。

看在王正平的眼裡，大家的動作都很整齊，聲音也很宏亮。可是以「金牙」的標準看來：「不行！一個個都是娘娘腔，怎麼能做軍人！動作軟弱無力，好像三天沒吃飯！有氣無力——像死了半截似地！呃！」聲音像從鼻孔「哼」出來。

「有沒有精神？」「金牙」問。

「有！」大家都吼了起來。

「有沒有精神？」「金牙」故意又問了一句。

「有！」這次的吼聲更大了。

「向左轉！」

全體的動作相當整齊。

「目標！操場。成兩路隊形，跑步——走！」

「金牙」兩手握拳，提到腰際，胸膛挺得高高地，精神十足，自己的步伐也融合在「唰唰唰，」的行列裡。首先衝出了大門，大家跟在後面，不一會兒，院子裡就空曠而安靜下來。

外面傳來「一、二、三——四」、「二、二、三——四」的跑步聲。這一隊剛剛跑遠了，另一隊、第三隊也相繼離去。

院子裡只剩下五、六個「病號」，分散在各個窰洞旁邊，有的坐，有的靠著牆壁，不知是想心事，還是忍受著疾病的折磨？不時，發出痛苦的呻吟聲。

「周副目，好久去看病？」

「看病？」他斜了看王正平一眼：「還沒吃早飯哩。」

「好久吃早飯？」

「你急什麼！該吃飯的時候一定吃飯！」

本來他想許多話的，包括好久回到新安火車站？但他這時都不敢問了；他想：此時此地還是乖一點好。看看門口的衛兵，胸前托的那把晃晃的大刀，長有兩三尺、寬有四、五寸，他以前看過處決犯人，好像用的就是那種刀。他看衛兵雄赳赳、氣昂昂、來回走動的兇像，真令人發毛！再想想這裡的「老總」，披著武裝帶的排長，他們都穿著草綠色的軍裝，雖然沒有配帶著武器，但他們手裡的馬鞭子、籐條、竹篾子，抽在身上還是令人吃不消的！

「大家趁著這個時候刷牙、洗臉、上廁所，不要光坐著，」副目的語氣溫和了許多：「能走動的，就在院子裡活動活動筋骨。起來！起來……」

他一面說著「起來」、一面到每一個「病號」臉前勸告，也像催促。

「報告副目」有個「病號」慢慢站起來：「我要上廁所。」

「報告副目，洗臉沒毛巾。」

「報告副目，我沒有牙刷。」

「——我也要上廁所。」

「……？」

「好、好——」副目一擺手，制止了大家：「聽我說——沒有毛巾洗臉的，用手帕，沒有手帕的，用衣襟，喏——」

他立刻以身示範，自己拉著衣襟，作擦臉狀。「如果沒有牙刷刷牙的，可以用水漱漱口。再不然，以食指當牙刷也可以。不刷牙也無所謂；以前的人，現在的鄉下人，有幾個是刷牙的？好了，是哪幾個要上廁所的？」

大家幾乎全部都舉起手來，連王正平在內。

「不行，不行，廁所沒有那麼大，一個一個來。衛兵！」他對著門外：「值日的李副目在不在？」

「在外面。」

「叫他進來！」

不一會兒，就進來一個大高個、四方臉、濃眉毛，但聲音却是細細的：「什麼事？周副目？」

「帶他們去上廁所，從第一個開始。」

第一個正好就是王正平。

在他的記憶中，昨天下午就沒有去過廁所。來到軍營之後，在副目的安排下，見王連長、吃晚飯、聽訓話、心裡害怕、難過、後悔、傷痛，在昏暗的燈光下，睏得眼睛睜不開，怎麼睡在霉臭的地鋪上，是否被跳蚤、蚊蟲咬過，他一概不曉得了。只知道醒來以後，渾身發癢。在外面看看自己的手、腳，有那麼多的紅點子，像出了痲疹。這次一聽到「上廁所」，他才想到自己的膀胱脹得不得了。他趕快舉手。

高個子一甩臉「走吧。」

出了大門，高個子還跟在後面。

「怎麼？你也要上廁所？」

「不，不，」高個子告訴他：「你不認得路呀。」

「你告訴我不就行啦？」

「不行！」他一口就拒絕了。又說：「這是上邊的規定——誰也不能例外。」

王正平更肯定了自己的想法，上次在鄢陵縣附近被國軍抓到，冠以「間諜」、「逃兵」的罪名，便糊里糊塗被槍托、「探條」（擦槍筒用的）連打加抽了一頓、最後編入「杠子隊」——專門挑子彈箱、出苦力。這次卻被「虎牙」騙了來不知作些什麼？幸虧，腳、手都受了傷，活動困難；不然就編在隊伍裡去跑步了。

廁所距離營門口只有二三十公尺，是個露天的茅廁坑，兩塊磚，一個斜坡，斜坡壞了，還有些大便殘留在上面再上面的草紙，血跡斑斑，不知是哪個弟兄痔瘡發炎了。廁所上面的茅草、三面是木板，正面是破木門在虛掩著。

他一開門「哄」地一聲——那些大頭蒼蠅便紛紛飛舞，下面的氣味衝上來，連眼睛也不敢睜開了！

他只好閉著眼睛，憋著氣，匆匆解完小便，趕快回到洞前面的院子裡去。

不久，天已經大亮了，樹影在西牆上搖晃。他聽到有大隊整齊的腳步聲由遠而近。廚房裡的稀飯、饅頭都搬到院子裡，伙夫們正在分小菜，「病號」們回到寢室裡拿碗、筷。不多久，一頓香噴噴的早餐就開始了。

# 三、緊握拳頭，戰勝病魔

早餐以後，連部的人，除少數留守勤務的人員外，其餘的人都整隊上操去了，剩下八名「病號」被集中起來。

「你什麼病？」大高個問第一個。

「發燒。」

他觸摸他的額頭，便「嗯」了一聲，以手示意，叫他站過來。接著一個個問下去：

「你呢？」

「拉肚子。」

「你呢？」

「打擺子。」

最後一個是面孔焦黃、渾身浮腫、說話無力、聲音像蚊蠅的小伙子，大約二十歲上下。

「李花亭，我看你就不要去啦——醫生說你脈搏正常，又不發燒，大概有點水土不服、逃難、想家、心結打不開、天天睡不著覺，只要心情開朗，什麼病都會沒有的——」

「我……我是有病的，」他翻了翻腫泡眼，有氣無力地說：「診療所看病不行呀！我要住院檢查——」

「屁！你簡直是空想、妄想！」大高個好像對他有成見似地，一點也不客氣：「這個小鎮子有什麼醫院?!就是把你送到洛陽的大醫院，也看不好你的心病！」

「各位，」他兩手插腰，很得意地詢問大家：「他的心病是什麼？你們猜猜看？」

空氣馬上能凝結了，時間一分一秒過得好遲緩、好難挨！大家都想早些看病去，雖然距離看病的時間尚早，誰不願早些去掛號，或者讓大家歪一會、養養神！他叫大家「猜一猜？」人家都自顧不暇了，哪有心情去「猜」別人的事！

「哼！」他冷笑了一聲：「你們應該猜得到的——那就是想『開小差』、『找個雞窩』、『打老二』，再也沒有別的了，對不對？

不知是大家沒聽清楚還是沒有心情去欣賞。大高個原想逗個樂子，讓大家舒展一下眉頭。可是，沒有一個人領情，還是照樣垂頭呻吟著，似乎無動於衷。好在大高個也不在意，他繼續說下去。

李花亭只是吃力地翻下眼皮，仍在原地文風不動。他似乎很想知道大個要說些什麼。可是，很吃力，耳朵沒有分辨的能力，又陷入一片模模糊糊的意識裡，茫茫然地不知是在游離或下沉，像是將醒未醒的臨界處，嘴角的黏液漸漸流了下來……

「看看吧。」大高個一臉無奈，又像繼續調侃他：「如果不是夜夜『打老二』、『找個雞窩』，他怎麼會弄到這種地步！唉！」

他搖搖頭，看看腕錶，隨即告訴大家；「現在可以去看病啦、咱們走。」

「李花亭呢？」有人問。

「哼，連我都管不了，你還管？我看他是欠揍！人多少都有點劣根性的！」

「副目，」又有人問他：「離診療所遠不遠？」

「遠怎麼樣？——」他故意地問：「你還想騎馬、坐轎嗎？」

「——？」

大高個看他低下頭，靦腆的樣子，也就不再說什麼，只是擺手、扭嘴，叫大家跟著他、去看病。

這次看病，來回花了三個多小時。他們走出山澗，爬坡、走過樹林、茅舍、田間的小路，進入村莊，到診療所掛號，都由大高個一手包辦，接著看病、打針、取藥……

在回程中，王正平想得很多：疾駛的火車、山澗裡的營地、可恨的「三角臉」、吳正目的粗眉、大嘴、令人心悸的大刀片、還有李花亭浮腫的臉……像天空的浮雲那樣，一片片從腦際飄過。……

他後悔自己不該跟著「三角臉」去換藥、為了吃頓飽飯竟失去了自由。

李花亭病著半死，還用「找個雞窩」、「打老二」去調侃人家！若說開玩笑，應該選個適當的對象，哪能胡猜亂吹的！已經是三十出頭的人了，怎麼那樣無聊！沒水準！

大概大高個天天所想的就是「雞窩」、「打老二」。

如果在平時，他聽到這些話，可能笑破肚皮，把眼淚給笑出來。同樣的話，在此時、此地、對著此人，他真想好好哭一場！

收操的人馬都回來了，院子裡頓時喧嘩起來。

「嘟、嘟」的哨子聲，令人心慌。

「大家注意！」值星官大聲吆喝著：「三分鐘內集合，準備開飯！」

「唔，唔……」一片的喧鬧聲。

「哪一個?!哪一個?!」值星官連聲地追問著。

室內響起凌亂的腳聲。有人端臉盆、有人拿飯碗、又都迅速跑出去。

「王正平」有人拍拍他的肩膀：「好些沒有？」

他一睜眼，趕快爬起來把粘在衣服上草葉揮了揮。面前站著的是「金牙」吳正目——吳文良。

「好多啦。」他把左腿的褲管提到膝蓋以上，露上白色的繃帶：「已經擦藥了。」

他又把右膝、左、右肘都給吳正目看了。上面塗抹的是碘酒和藥膏，用片紗布貼上面，再用膠布粘緊。

「好，好……」吳正目連連點頭，告訴他：「馬上吃中飯。過兩天就會痊癒的。」

「嘟，嘟——」的哨聲重新響起，所有的弟兄都跑到院子院集合、排隊，值星官在整理隊形。一會兒，全場都肅靜了。

「立正！」值星官看著掛紅白相間的排長站上了隊前面的石板上，立刻喊口令，兩眼向他注視、行舉手禮。

排長還了禮，值星官喊「稍息」後，便站到第一排頭一名的右側，作「稍息」的姿勢、面對排長，準備聽訓。

這位排長姓沈、河南人，自稱是宋哲元的部下，在長城、宛平縣、南宛跟鬼子面對面地肉搏過，後腦勺還留有一條刀痕，他的眼睛細小，但聲音圓潤而嘹亮。

「各位，累不累？」

「不累！」全體吼了起來。

「累不累？」

「不累！」吼得比剛才高了一些。

「不行！不行！這是娘子腔嘛！」他正言厲色地告訴大家：「不做軍人則已，既然做了軍人，就要泰山崩於前而色不變！三天不吃飯，也要挺起胸脯過橋！古時說，『張翼德』在長板坡前，大吼一聲，連河水都倒流了。你們行嗎？

「行！」大家一齊回答。

「中嗎？」

「中！」

「中個屁！」他故意一本正經的滑稽像：「只上了兩次操，就累成孬種啦！你們只有吃飯不累——像衝鋒陷陣那樣——對不對？」

「對！」

「不對！」

「你看看！你看看……」他還是繃著面孔：「一部份人說『對』，另一部份人說『不對』；究竟『對』還是『不對』?!」

這下把大家給「問」住了。有人你看我、我看你。緊接著就嚷了起來：

「還是『對』！」

「不對！」

「不！不……」

「好啦！」沈排長打大吼一聲，全場頓時肅靜無聲，不知要發生什麼不幸的事！大家都提心吊膽。王正平感覺心裡「撲通通！撲通通！」地直跳，渾身直哆嗦！以前日本鬼子捉住他，以槍口對準他的腦袋瓜：「你是國軍？是壯丁？」——性命危在剎那間，就是那種滋味。他緊閉了嘴唇，豎起了耳朵，偷看看別人，也和他一樣害怕。但大家在眼巴巴地望著沈排長。

但他掃視全場好幾遍，居然改為溫和的口氣講了一段插曲。他說：

「去年春天，我們從南宛收操回來，正好迎面來了一隊日本的騎兵，我們呼叫著：『一、二、三——四』——連吃奶的勁都吼出來了！聲音沒吼完，就把他們的馬給嚇驚了——一面直叫，一面舉起前蹄，不敢朝前走一步。一些鬼子們紛紛落馬、北平人直鼓掌，真是大快人心！」

沈排長的話，剛講到這裡，大家都情不自禁地鼓掌、叫好。

「好——」他一再點頭：「軍隊訓練大家，就是要在生活中養成不怕苦，不怕難的精神，天不怕、地不怕，就怕打不敗敵人！鬼子的武器好，我們的精神力量比他們的武器更好！你們懂不懂？」

「懂！」大家的吼聲，真是天搖地動，好不威風。

「好，開飯！」他好高興地跳下石板。

「來！」值星官走上石板：「我們一起高唱『吃飯歌』，一、二、唱——」

「這些飲食，人民供給，我們要記在心裡！愛百姓、愛國家，要竭盡心力——」

午餐後不久，午睡時間就開始了。院子裡靜悄悄地，一聲聲「知了，知了」的鳴叫聲，早已把弟兄們漸漸送入夢鄉。窰洞裡傳出此起彼伏的酣睡聲。

「王正平，」耳邊有人小聲地呼叫他：「王正平，連長叫你。」

「叫我？」他緩緩地睜開眼，面前蹲著的是三角臉、一對虎牙的周副目：「什麼事？」

「我怎麼曉得──」他還是微笑著：「你去了就知道──快點去吧？」

王正平心不甘、情不願地坐起來、揉揉眼睛、打個呵欠、眼睛終於睜開了。他看看大家，十幾個人，一律頭朝西、腳朝東，有人側著身子、成「弓」字行形、有人面朝上、也有像「狗吃屎」──趴在乾草上……有人酣聲如雷、有人像喝稠稀飯「呼呼啦啦」地，滿有韻致。也有人像吹口哨，聲音有細有長……原來大家睡在較為陰濕的稻草上，還睡得如此香、甜。

「趕快去吧，不然連長要打官腔的。」副目又催他了。

王正平伸個懶腰，總算完全清醒了。

「要快去、快回──」吳正目叮囑著。

原來吳正目睡在洞口的木板上，是假寐的。不知是大家「打呼啦」的聲音太高還是想心事。兩個人都「嗯」了一聲，從他身旁走過。

外面的光線很強、天氣也很熱、耳朵裡鼓噪著蟬的鳴叫聽、有條黃狗趴在靠牆的樹陰下閉著眼、伸長了舌頭在喘氣。

「小兄弟，你的膝蓋還疼嗎？」

王正平點點頭。

「如果你見了連長、可要挺胸、抬頭、精神百倍；千萬可不能一跛一跛的樣子——喏——」

周副目馬上摹仿他走路的樣子——

「可是你的眉頭也要展開啊，不能老擠成一堆！」

他「啊」了一聲、點著頭，立刻改正了自己的姿勢，但心裡感到很不是味兒。

他又點點頭。

「你要說『是』，」他糾正他：「不能老是點頭，曉得嗎？」

「曉得。」王正平還沒有忘記點頭。他慚愧地拍拍自己的前額。

到了連長住的地方，周副目大聲地喊：

「報告！」

「進來！」連長在裡面應聲地答。

兩個人聞聲進去，向王連長一齊鞠躬。

他坐在桌子後面沒有動，把叼在嘴角的菸捲拿下來。

「坐。」他指著旁邊的兩個圓凳、又連說：「坐，坐呀。」

兩個人同聲說了「謝謝連長」，這才坐下。

「這次連長是全付武裝、軍帽放在電話機旁。小平頭、配領章、『風紀扣』是扣好的，五顆銅扣子被蠟燭照得閃閃發光，左胸口戴著一枚藍邊、三顆星的符號。」

「副目，」

「有！」他像「燒火棍」戳了屁股那樣敏捷，站了起來。

「坐、坐，這是私人場合，大家隨便點。」

王連長的語調、神態，確是隨便的。但是王正平已經有了他「下馬威」的經驗，每根神經，都被繃得緊緊的。

「是，是……」副目一面指王正平：「簡直是我們連上的美男子！」他得意地露出一對虎牙。

「多大啦？」

「十七歲。」王正平「唬」的一聲站起來。

「坐、坐……」連長忙著說：「我不是說過了嗎？——這是私人場合，脫了褲子玩『雞巴』都沒關係——」

連長說話是一本正經的，可是王正平卻萬萬沒想到，連長會說「粗話」。周副目是裂開大嘴笑了，雙眼皮闔起來開心的很。但王正平的「笑」衝過了脖子，幾乎從臉上冒出來，但他立刻摀住嘴。

「笑就笑吧，何必像娘們那樣扭扭捏捏地——」他偏著頭問他：「上過什麼學堂？」

「省徐中。」

「什麼！」

「省立徐州中學。」

「好、好……」他一連說幾個「好」字。同時，也伸出了大姆指：「我們連上的『張司爺』（相當于現在軍中的文書士——註）只不過讀過兩年私塾——還沒讀過『洋學堂』哩！好、好、好！以後寫本『花名冊』（點名簿——註）什麼的，那可要麻煩你的？呃？」

「什麼是『花名冊』——我還沒見過呢。」

「沒什麼、沒什麼……『比著葫蘆畫瓢』——一學就會，我叫『張司爺』告訴你好了——」

連長端起了茶杯、呷了兩口，又放下：「你家裡還有什麼人？」

「爸爸、娘娘、兩個弟、妹，還有個六十多歲的老奶奶。」他忽然想起：「還有個叔叔在西安開木器工廠——」

他本來想說這次從家鄉逃出來，就是想去西安、投奔他叔叔的。可是連長打斷了他的話題：

「你爸爸也可以做木器嗎？」

「不，他不是木匠，是個種田的。」

「既然是種田的，為什麼跑了出來？王正平！」他改為懷疑的口氣問他：「你要老老實實地說真話——可不准『砍空』（註：意即說謊）啊！一個小孩子赤手空拳能跑三省來到新安鎮，我能相信嗎？」

「報告連長，」他急了起來：「我句句是實話！因為，房子被日本飛機炸壞、燒掉了，兩條黃牛、一條炸死了、一條炸傷了——」

「那，你更要留在家裡幫忙呀。」

可是，王正平更急了，眼眶充滿淚水，但他極力按捺著：「我被日軍山田部隊捉住了——」

「他們怎麼處置的？」

「有的被殺、有的被燒、有的被打——」

「你呢？」

周副目的視線，在連長與王正平之間流盼著，時而會心的微笑，時而睜大了眼睛，是同情也是憐憫。他盯住王正平，想知道他的後情。

「我被他們問來問去。有次，差點拉出去槍斃了！最後叫我去牽馬、抬東西、打雜……到了安徽，我終於找到機會逃出來了。」

「好，好，」連長點著頭、抽著菸、一時陷入沉思中。

過了大約七、八秒鐘，連長瞇著眼睛，改口問他：

「離家時，你爸爸給了多少錢？」

記得離家時，奶奶同娘都千交代、萬囑咐，縫在褲管裏的鈔票，非不得已時，不能動用；

對任何人都不能透露帶出多少錢。

現在連長問他了。周副目也在等待他的回答。

「說不說？」他問問自己。只有上次路過蔚氏縣，朱仙鎮一帶，又逢「端午」節，田裡再也沒有麥穗子可以充飢了，只好把左褲管的一元鈔票拿出來，買食物，另外兩元鈔票還在右褲管裡呢。

「連長問你啦，」周副目碰碰他：「身上還有多少錢、說呀？」

王正平的手心直冒汗，心臟跳得很厲害，脖子裡癢酥酥地，好像面頰的汗珠流了下來……從連長到副目問他身上「帶了多少錢？」只是幾秒鐘的短暫時間，但王正平感到過得好慢、好苦、好艱澀、真不好出口啊！

尤其他們的眼神、表情，根本沒有兩樣，但王正平所感受的壓力那麼大！那麼重！真令人吃不消！

「我、我……還有兩塊錢——」他終於結結巴巴地擠出這句話。

連長神情自若地笑了：

「本來嘛，你自己的錢，誰也管不著。可是，這裡的人很複雜；誰好？誰壞？連我這個一連之長，也不能斷定。」

他又換了另一支菸捲，點上火，抽了另外一支，丟給副目。他們各自吸著菸，氣氛顯得很輕鬆。王正平也像以前被千葉千富鬆了綁，從「大蓋槍口」（註：日軍的步槍）之下逃了一命那樣。他舒了口氣。

「如果你願意的話，」連長徵求他的意見：「把錢交出來，給『張司爺』保管，什麼時候要用，你就告訴我，隨時可取。」

「可是，誰是『張司爺』？」

「這個你就不用擔心啦。」副目在一旁微笑著；「連長替你負責還不行嗎？」

「副目，你不要插嘴。」連長輕輕地吐出一團煙圈好悠閒的樣子。他說：「他的事，由他作主。」

「是的，該自己作主了。」王正平在想：「『給』就等於沒有了；可是，『不給』行嗎？」

「錢，就是你的命根子！」彷彿耳旁邊又響起了奶奶和娘的聲音。連長和副目好像都在期待著。他感到騎虎難下，如今不「下」也不行。他咬咬嘴唇，望望被煙燻黑的洞頂。終於，他作了決定。

「我想找把剪刀。」他問副目。

「我這裡有把現成的，」連長立刻拉開抽斗，把剪刀遞給王正平：「你要剪刀做什麼？」

他藉著燭光，把右褲筒、打邊的雙層布掏挑開、拿出鈔票，雙手微顫著把它交給連長。

他把疊成八折的鈔票打開來，告訴王正平：
「這是兩塊錢對不對？」
他點點頭，表現得很自然，好像心甘情願似地。
「那我就交給『張司爺』替你保管。你放心好了，要用時可以來取的。」
「連長還有什麼事？」副目站了起來。
「有事，我會通知你。」他把剪刀、鈔票放好。很關心地告訴副目，也像安慰王正平：
「一個年青人出門在外、沒爹沒娘的、怪可憐！要好久才能回到家鄉跟家人團聚，誰也不知道；大家都要好好照顧他。」
「是！」
「嘟、嘟、嘟、嘟——」院子裡有集合的哨聲。
「副目，王正平的傷口還沒好下午的操，就免上啦！」
「是！」他「唰」地一聲，又是立正禮：「我會報告值星官的。」
連長點頭、微笑、看看他倆走了出去。

# 四、神要佛裝，人要軍裝

大隊的腳步聲在「一、二、三——四……」的吆喝聲中出了大門，越去越遠。院子裡又恢復了「知了」鼓躁的鳴叫聲。所有的「病號」除了「腫眼泡」——李花亭以外，都由值日的副目帶著到外面的樹蔭下「乘涼」、「溜腿」去了。

室內靜悄悄地，王正平把舖上的乾草稍稍整理一下，儘自躺下，把頭枕在木枕上，好硬！他用兩手放在頭下。想到剛才的情景，很複雜。一下子又靜不心來！

兩塊錢如果是花用了，或在流亡道上被土匪搶了去，也就死了這條心。可是，現在自己已交給了連長，這是「有」？還是「沒有」？他不禁感到有些迷惘了……。

「喏，」副目進來，拿了一身褲、掛，對王正平說：「拿去穿上吧。」

「這是誰的？」

「你不要管嘛，快把衣服換下來、洗洗、縫縫，你看都破了。」

「你的心意我非常感激！」他有點躊躇：「可是——」

「這是連長的一番心意，你就收下吧。」他把衣服隨手放在木枕上。

這是一套長條印花布製成的褲掛，有濃濃的樟腦丸氣味，分明是取自衣箱裡。只有老奶奶過年、過節，或者走親戚時穿的衣服，才有這種氣味；連長怎麼想到他——？

他的心情原來就很複雜，這次換穿了印花布的褲、掛，心窩裡一陣悸動、鼻梁一痠，控制不住的眼淚，竟在眼眶打轉，順著面頰流下來……。

穿著雜色的衣服上操，真是不倫不類的。然而，不久，草綠色的制服終於發下來了。便趁著星期例假日及晚上的趕工，大家的腦袋瓜，也都被剃成「和尚頭」，令人看來有點怪怪的感覺。

上週六一次「整理內務」，把地鋪的草，就地燒個精光，燒死了所有的「害人精」——跳蚤。燒去了所有的霉臭氣、趕跑了所有的陰濕味。重新鋪上了新的稻草，大家在地鋪上高興地直打滾！又唱歌，簡直忘記了「身在異鄉」。

草綠色的軍裝穿在身上真神氣。原來形形色色的破舊便衣，經過「特務長」——辦總務的行政官的一番鑑定、處理——有的燒了、有的送給老百姓、有的經過清洗、涼晒、準備日後作擦槍之用。

軍衣雖不怎樣合身，但，大部份的人還算高興。有人說：

「我當上了『老總』了！」

「哼，以後看哪個敢欺負我?!」

「總算『脫胎換骨』了！嘿，嘿……你看怎麼樣？」

不過，也有人不以為然：

「有什麼神氣——？豬八戒穿西裝、打領帶，到哪裡還不是個豬八戒？」

也有人說：「你看人家王正平，穿老百姓的衣服很漂亮，穿了軍衣更神氣！」

「是嘛，高挑的個兒、文質彬彬的模樣，怪不得周副目一眼就看上他了——」

聽在王正平的耳朵裡，就怪不是味兒！他想：如果不是周副目的「青睞」，他怎麼會變成「和尚頭」？怎麼會穿上軍衣、當「老總」？而且他一向最恨那些專門「禍國殃民」的「老總」？

從小只要一聽說「老總」來了！馬上就嚇得魂不附體！好像馬上要被扔到「鬼門關」前的「奈何橋」下那樣。

可不是，記得當年他剛到私塾裡念「人之初、性本善」的時候，他就親眼看到「老總」到處拉伕，用「通條」抽人、拿人東西不給錢，老闆一伸手——想要錢，立刻遭到拳打腳踢，外加「媽啦個巴子」的痛罵！「老總」都不要命啦，你還要錢！再要錢，我就把你的「雞巴」給割下來、炒韮菜、下酒！……

王正平永遠不會忘記的是：有一回他在門前同幾個兒童捉迷藏。忽然間街坊的男女老幼，收拾了攤子、挑起了籮筐……大有雞飛狗跳之勢！他們也被家長們各自帶回去，盡量跑得遠遠地，有的躲在「青紗帳」（註：高粱地）裡。爸爸警告他：「老總來了！老總來了！」

如今，事隔十多年，自己由兒童長成比門橫樑還要高的小伙子。「日本鬼子」代替了「老總」的名詞，但在感受上，就如同老師說的：「他們要亡我們的國、滅我們的種」、「先從亡國奴做起！你們都願做鬼子的『亡國奴』嗎?!」

「不要！」

「我們不要！……」

小朋友在課堂上、在升旗台前、痛苦流涕、舉拳頭、高呼「打倒日本帝國主義！」的吶喊響澈雲霄！

於是捐出自己的零用錢，打破「撲滿」罄其所有，要購買「兒童第二號」飛機，報效國家的浪潮，迅速傳遍全國……。

那情景，那氣勢……王正平的淚眼模糊。一覺醒來，原來早晨的起床哨響了。

「嘟嘟……」

「起床啦！起床啦！……」

佩帶紅白相間的帶子值星官，一面吹著口哨，一面到每個洞口，叫大家：「快起來！快起來！」外加「五分鐘以內要集合、點名，快，快，快……」

這才一眨眼的工夫，各山洞不斷湧出來草綠衣的士兵，在院子裡跑來跑去、忙著上廁所、上井邊洗臉。動作快的，已經排成隊形……。

值星官站在講話台的石板上，抬起了左臂，不斷報告著時間：

「……還有十秒、八秒、五秒、三秒、二秒、一秒——嘟。嘟、嘟」——他吹起口哨：

「停——」

王正平剛好插入隊裡；但有十幾個人却沒有趕上——就在原地作立正的姿勢。

「過來、過來！」值星官叫遲到的人，都站在前面作「一」字隊形。

「為什麼遲到？」

他一個個問下去。他們遲到的理由，埋怨廁所太少、井邊的人太擠、有的人穿錯了衣服、鞋子……理由一大堆。

「這都不是理由！」值星官插腰、瞪眼、高聲叫著：

「唯一的理由，就是大家的動作太慢、秩序太亂、心理上沒有做軍人的準備！大家都是『烏合之眾』，穿上軍衣的老百姓，怎麼打敗敵人？」

他把大家訓了好大一會兒，也不喊「稍息」的口令，害得全體都罰站。

王正平的傷口痊癒了，第一次參加集合，就遇上這種情形，心裡很不舒服，但是，不忍耐又能怎樣？

「周副目！」

「有！」

「你帶他們上『小操』！」值星官吩咐完畢，自己帶著大隊，跑出了大門，穿過山溝，一路上不斷高喊：「一、二、三─四」上了山坡，到達大操場。

大操場的面積，約莫相當於一個足球場。兩面有山，一面是山溝，左面向下看，是隴海路的鐵道，附近有河流、縱橫的田塍、也有農人下田，小孩就在河岸邊放牛。陽光拉長了樹影，空氣沁涼而清新。

大家圍住操場跑了好幾圈以後，沒有一個不流汗的。

值星官讓大家「便步走」、「自由活動」也可以脫下軍帽，擦擦汗，隨便甩手、踢足、然後，散開來、上早操。大家最感興趣的，就是全體的歌聲、呼口號。一聲「打倒日本帝國主義！」對面的山峯也同樣地作了反響。而且一聲聲向遠處散播開來，「打倒、打倒……」的聲浪像長了尾巴、長了翅膀，在山峯裡廻旋、蕩漾……。

接著，大夥兒便開始作早操、訓練「拿身法」、「瞪眼睛」。

早操以後，大家恢復了集合隊形，只是班與班之間，前後相距三步、左右相隔兩步，以便各班的正、副目能夠站出來按照「拿身法」、「瞪眼睛」的要領，一一解釋，不合規定的，要給予適當的糾正。

「各位，」吳正目把大家「拿身法」的表現比作「十八羅漢」，他說：「要把胸脯挺出來、愈高得愈好。那有挺肚子的——？你們想生孩子、是不是？」

「哈哈哈！」大家笑了起來。

吳正目仍然一本正經地照著剛才說的話，以身示範：

「喏，就是這個樣子，看清楚了沒有？」他巡視著每一個人；看著他們改正的情形。

「哎喲，」有個列兵「撲通」一聲——像個「狗吃屎」的樣子倒在地上：「誰？……」

原來是值星官在神不知、鬼不覺的情況下，轉到橫排的後面，用腳踹前一伍的腿彎——看他是否「頂天立地」地用力站著。這位「不堪一踹」的「傢伙」，被侮蔑為「膿泡貨」。

「站起來！站起來！」正目叫他站在旁邊，作「半分彎」的處分，兩手向前平舉。

王正平看在眼裡，心裡非常緊張、自己除了「挺胸、收肚」以外，兩條腿也特別用力，以免自己也變成「狗吃屎」的樣子。

「累不累？」正目走過去詢問被罰「半分彎」的列兵。

王正平看著他使勁繃緊嘴角、額頭冒汗、渾身打著哆嗦，老早呈現不支的樣子，很替他捏一把冷汗。

「累不累——『累』就說『累』，『不累』就說『不累』？呃？」

「不累！」他幾乎把「吃奶」的力氣都使出來了——那是「嚎」出來的，接著山谷裡傳來了：「不累、不累、不累……」的回聲。

這下大家都被怔住了！心裡打著「問號」：「他能不累?!」正當所有的人都在「且聽下文」時——

「好，歸隊。」

對方收拾了「半分彎」、去歸隊。

「回來！回來！」

「什麼事？」對方滿頭霧水，站在原地，不敢動了。眼睛盯住正目；不敢把自己的「抗議」表現出來。

「傻瓜」隊裡有人小聲的遞「點子」叫他：「行舉手禮呀！」

「什麼人？什麼人？」

正目走了過來，掃描著每一個緊張的面目：「大丈夫敢作為、怕什麼？又沒有人咬你的『吊』！」

「……？」

大家你著看我、我看著你、就是沒有人承認自己遞過「點子」。

「哼，孬種！」他呶著嘴，又把大家看了一遍，眼睛發出怒火。

被罰「半分彎」的列兵、舉右手向正目行禮。吳正目好像根本沒把行禮的人放在眼裡。他不還禮，行禮的手就不能放下來——固定在原地，像尊泥塑的「羅漢」。

正目已經把「目標」轉移到隊上、看看誰是出「點子」的人？

「跑步——走！」他希望有人檢舉誰是「多嘴」的人，或者「多嘴」的人能自動出列、承認，他才下達命令。

於是，「刷、刷，」的跑步聲，圍著操場跑起來。

一圈、兩圈、三圈……

正目的眼睛注視著大家。起初大家還能維持著隊形，步伐還算整齊；可是到了後來也許是累了，隊形也變了，有的腳步就開始遲緩了起來。

「立定！」他大叫一聲，大家果然就「定」住了。他跑來跑、去罵了起來：

「亂七八糟炒韮菜！這是『張宗昌』（註：一字不識的『狗肉將軍』，是『北洋軍閥』的首領之一、軍紀最壞）的隊伍？還是『三毛猴』（註：名土匪）的『嘍囉』！呃？隊形三三兩兩的，跑步的聲音下『扁食』（註：水餃的別名）——『劈哩叭啦』地，你們不知『丟人』嗎?!別人都在看我們『出洋相』！」

其實，大家都在上操，別的班、排上操的情形，也有「下扁食」的，罰站的，「半分彎」的、「伏地挺身」的、五花八門，樣樣都有……。

在他們旁邊就有一班人，正在練習「瞪眼睛」。

帶隊的正目一一在巡視：誰的眼睛睜得最大。正巧有兩個弟兄被拉出列「示範」。他倆的眼睛正好一大、一小——大的眼睛不用使勁，就像個牛眼——只有「關帝廟」裡、站班的「周倉」差可比擬；而另外一位小的眼睛奇小——再用力也睜不大。他的領隊在旁邊一再鼓勵著：

「使勁！再使勁！……」他握緊拳頭，聲音短促而有力，好像比小眼的人還用力，還著急：「加油！加油！……」

可是，小眼睛就是睜不大，只是由原來的一條縫略略寬一點點而已。他已經竭盡所能，也著急得不得了！他作難的是一臉哭像、與發號施令的人，是一臉的「氣像」。正好兩個面孔相對，眼睛一大一小，不知怎的有人「哈」的一聲笑了出來，其餘的人再也忍不住地「哈、哈哈哈」的笑起來！這下引起了全場的注意。

吳正目的這一班人，正好就停在旁邊，在「聽罵」。可是，誰也聽不進，大家都被這幕「大眼瞪小眼」給吸引住了。而且很「入戲」。一聽到他們「哈哈」大笑，終於顧不得「丟人」，也被引發了一場大笑……。

「笑什麼！笑什麼！呃？」吳正目似乎沒有看出「門道」，還以為大家嘲笑「友班」哩——這是大忌，也是不作興地。「一群混蛋——烏鴉飛到豬身上——只知道別人臭、不知道自己黑！給我跑步。」

大家停止了笑聲、正準備接受處分——罰跑步哩，忽然聽到值星官的哨聲。接著高聲發佈命令：

「大家注意！」

全場的官兵，都在原地不動，並注視著值星官：

「所有的操作，一律停止——」並且提高了嗓門：「大家成連隊形——集合！」

山谷裡傳來了同樣的「集合……」聲，漸次減弱向遠處傳去。

隊伍隨聲跑步、從四面八方集合在司令台前。

各班、排紛紛以口令整理隊形、報告人數。大家邁開整齊的步伐、唱著「三國戰將勇、首推趙子龍——」和「射擊軍紀歌」的軍歌、返回營地、準備吃早飯。

早餐以後，在上正操以前，有一段空閒時間。大家忙著收拾內務、換洗衣服、有的上廁所，實際上是過過菸癮、有的在一塊互相開玩笑、在院子裡追逐、有的在喝開水，更有些人在學著「打綁腿」；一面埋怨著：

「打『綁腿』很簡單，可就是打不好！」

「他奶奶的，看上去是打好了，可是，一上操不是散了，就是脫了——像他娘的『裹腳條子』似地——拖拖拉拉地，老挨罵！」

「如果我當了總司，令馬上取消『打綁腿』！」

「什麼？你當總司令?!——你是發了高燒？還是沒睡醒?!」

「那可不一定啊！馮玉祥從小一個大字不識，還不是統領過千軍萬馬！」

「我們副目『打綁腿』可真有一手——打得既結實、又勻稱，還有『人字形』的花紋——」

「幹什麼？」進來的正好是三角臉的副目。

「副目，我們在說，打綁腿比老太婆纏『裹腳條子』還難！」

「副目，可不可以教我們『打綁腿』的竅門？」

「沒有什麼『竅門』——只要多練習——熟能生巧，就行啦。」副目叫大家：「趕快弄好，手腳快點，上午的正操馬上開始！」

果然不多久，一聲聲的哨子，室內外忙成一片。於是、集合，「報數」、點名的「有！有！……」之聲此起彼落。然後，「刷、刷……」的腳步聲，由近而遠，由高而低，院子裡除了一些「病號」及留守的少數勤務人員外，便是一片岑寂。

但是窰洞上面不遠處的大操場可就熱鬧了！

好幾百人成為幾十個大、小不同的班，排，各自按照訓練的進度，由個人的「立正」、「稍息」、「向左、右轉」、「向後轉」，各種步法、各種步法的變化……都在上午進行。

到了下午，大多是上「講堂」；其實哪有什麼「堂」！最有運氣的是，借用「火神廟」的房子、民間的集會所，大多數都是在樹蔭下講「學科」；「學科」的內容，本來是教「步兵操典」的，可是能「講」的人不多——大多是「行伍」出身；談作戰的故事，每個正、副目都有自己的驚險經驗，一談到「步兵操典」、有些人可以背誦出來，但不會看書本。其實「會背」也只限於常說的「運用之妙，存乎一心」的幾個片斷，翻來覆去、就是被說濫了的幾句，至於他們會不會解釋，其中的涵意是什麼，可能也是一知半解的。

有人故意出正、副目的「洋相」，請他們再說「明白點」，要求他們能再解釋一下！

「那有什麼可以解釋的！」副目神秘兮兮地擠擠眼，也像嘲弄故意問話者：「你嫂子結了婚、肚皮就大了，這怎麼解釋？」

大家都對著問話人「哈，哈」地笑了起來。

但副目仍是一本正經地繼續說下去：「怪咱不識字，不然！哼——」

「王正平！」

「有！」他從隊伍裡站了起來，面對副目。心裡慌得不得了，不知自己那裡不對勁！暗想自己一沒有「打盹」（註：瞌睡）。二沒有多嘴，三自己坐的姿勢不算太壞、點我的「戲」幹麼？

「喏，」他從口袋裡掏出一本「步兵操典」：「你替大家解釋。」

「我?!」王正平愣住了！

「怎麼——你不願意？」

「不是我不願意！而是我不行呀！」

「『不行』人家十四、五歲就做了爸爸。你都十七啦，還不『行』？」

有幾位弟兄已經聽出來副目的話中有「話」，便都「格格」地笑了起來，接著全體都笑了，只有王正平傻呼呼沒有笑，反而更加作難：

「副目，我可是真的不行啊！」

「不行！不行！……」副目故意生起氣來：「你這個『傻吊』！還沒有翻開書本哩，就說『不行』！做軍人的不能『不行』！你給我唸！唸！……」

王正平只好很為難地接過「步兵操典」，打開來，從「總則」以下一條一條地讀下去——

「好——」副目以手制止：「暫停。」

他以為自己讀錯了，滿臉帶著問號，望著副目。

「他讀得好不好？」

「好！」大家一齊鼓掌。

「行不行？」副目又問。

「行！」又是一片掌聲。

「……」王正平怔怔地張著嘴，不知該怎麼辦。

「怎麼樣？大家都說你『行』，你可真行！不過，」副目說：「光是一個人『行』是不行的，我們要每一個人都『行』才行，是不是？」

「是！」大家不加思索地答應著。

「大家行不行？」

「行！」又是異口同聲地叫起來。

從每天緊張而繁忙的軍事訓練中，王正平漸漸體會到既然做了軍人，就是「累了」也不能說「累」、「餓了」也不能說「餓」；做什麼都要說「行」、都要「能」；不「能」，就是恥辱！就是「膿泡」！「膿泡」怎能作戰！怎能「抗戰必勝」？怎能「打倒日本帝國主義」？

「也對呀！」大家的腦筋彷彿有了新的啟示。

不過，以窰洞的稻草當床鋪──那樣陰濕、霉臭、人多、空氣污濁，加上蠅蚊擾人，病號一天天增多，大家的心頭都感到特別沉重！像這種情形，又怎能去打仗呢？

起初，渾身發腫的李花亭還能以「病號」的身分到外面散散步、坐在樹下乘乘涼、在別人的眼裡他「舒服死了」。因為他的病不發燒、血壓、呼吸，據醫生說都很正常。很可能是水土不服、想家。他從戰火裡跑出來、沒炸死、給嚇呆了。有人在想。

連長、排長都同他個別交談過好幾次，只是搖頭。

後來，帶他到廟裡燒香、拜佛。道士說他：「被狐狸精纏住了！要給他設壇、捉妖……」。

以後，是否「設壇、捉妖」？誰也不知道。

有天，大家突然發現他睡在又窄又硬的長條板凳上，有衛兵看守著，這才引起大家的注意和懷疑：

「這是怎麼回事？」

「給他治病呀！」

「這樣能治病?!」

「吳正目說的——」

「屁！他葬了良心！」

大家你一言，我一語，互相神秘兮兮地在議論著。

「什麼事、大家都圍成一堆？」吳正目走過來，濃眉一挑，露出閃亮的金牙。夕陽把他的身影拉得長長地。棉絮般的雲層，像海濤般地覆在天邊。經過他的一聲吆呵，立刻鴉雀無聲，一個個散開來。

本來，這段時間是大家最輕鬆、愉快的時候，吳正目突然表現得很嚴肅：

「我知道大家都關心李花亭，」他把大家環視了一遍：「我們替他趕走了狐狸精，他死後的表妹又來纏住他——」

「什麼?!」有人壓低了驚奇的聲調，但馬上抿住了自己的嘴。但是吳正目繼續地說下去：

「——李花亭只要一閉上眼，就像『發了燒』似地——一聲聲『表妹呀！表妹呀……』喊個不停……」

「怎麼曉得他的表妹死了哩！」有人在插嘴。

「連長、盤問過他，他說他表妹是被鬼子們『糟蹋』過，投井自殺的！」

沒多久，就把李花亭移開了，省得別人觸景難過。大家都在打聽他的下落，想去看看。

不過從去過的正、副目口中傳出「他的病情給穩住了」。「還能喝點湯……」、「不好醫治」、「不能動了。……」這些話。

就在部隊開拔的前夕，聽說李花亭「不行」了。連長叫每班派個代表過去替他「料理後事」——王正平就是其中之一。他們冒著陣雨、到了目的地——在老百姓的「車屋」裡（註：放置牛車用的茅草房），放著一具薄板棺材，大家都點燃了香、燭，焚化了紙箔，大家向棺木「立正、敬禮」後，四個人抬起來、踏著泥濘的彎曲小路、默默地沒有言語。「天老爺」却「淅瀝淅瀝」地下著雨，正說明了每個送葬人的心情……。

本來，大家想看看李花亭最後一面的，但正目說：

「我同你們的心情是一樣的；想了想；還……是，免了吧……」

但李花亭究竟生的什麼病？却沒有一個人知道？其實，知道了又能怎樣呢？人死了，不就一了百了嗎？

# 五、在苦難中成長、壯大

部隊開拔的命令是晚上下達的。第二天還沒有亮、就出發了。每個人兩個饅頭是在「鐵悶子車」裡發放的。另有一大桶開水、放在車門處，由值日的人看守著，沿途不准下車，靠角處，放了一隻「馬桶」，讓大家「方便」。

「出門在外，」副目告訴大家：「我跟大家一樣——都要遷就一下。」

車子裡的人像沙丁魚一樣沒有插腳的餘地、大家都蹲坐在硬梆梆的地板上，兩手摟著膝蓋，誰也動彈不得。究竟開到哪裡去？誰也不知道，車門開得那麼窄，空氣本來就很壞，再加上馬桶的尿騷味、大家的汗臭味、腳臭味……真是「五味雜陳」！車子開了不多久，有些人就吐了；不吐的人，也像患了一場大病！老是昏昏沉沉地，腦袋發脹、疼痛……。

車子開動了，空氣流通些，大家還能忍受，就怕等車。一等就是好半天。太陽晒，鐵皮烤、車內的「五味」似乎上昇了四十度、五十度，水桶的水早已點滴無存，倒是「馬桶」的尿水有增無減。可惜被「拉肚子」的傢伙給「污染」了。

發給大家的饅頭，許多人都不願吃，一方面太硬——有人估計是出發前幾天就蒸好了，另一方面是饅頭變了質——太酸了；大概是麵粉浸了水，沒有在一兩天內處理掉，又捨不得丟棄，蒸的饅頭才會有那種味道。

其實，「三天不吃飯，還可以撐」，唯獨沒有水，真教人吃不消！

「我的喉嚨乾了呀！」

「我的喉嚨要冒火！」

「我的耳膜都黏住了！」

「老天爺還不下雨！」

「把門縫開大一點吧！」

「把尿桶給扔出去……」

大家你一言，我一語，在嚷嚷著……。

「嚷什麼！」正目把「抽」人的竹篾摔了一下：「這點苦，就忍不住了！將來怎麼打仗！怎麼保衛家鄉！呃」

「……」嚷嚷的聲音暫時平息了，過不了多久、又「死灰復燃」了。

「他娘的！」有人還是嘀咕著：「大爺寧肯在前線上戰死，也不願在『鐵悶子車』裡給悶死！」

「喂，王正平，你怎麼不開腔？」有人用手碰碰他，因為大家發現他老是不講話，甚至不吃、不喝、「不拉、撒」，老是緊鎖眉頭，不知究竟是怎麼回事？

「不舒服……」王正平終於嘴唇動了一下開了口，但聲音非常小，眼淚也悄悄地流了下來。

火車滿載著他們，開開停停，由隴海路經過鄭州轉平漢路南下，到了第二天深夜，在大雨滂沱中到達一個大站，車裡的士兵恍惚中聽不到「軋軋」的車輪輾動聲，反而有種「怪怪」的感覺。好像有人在問：

「這是個什麼地方?!」

「嘟、嘟……」口哨聲響了以後，便有人高叫著：「到了！到了！下車！下車！按照各班的順序，下車！下車……」

藉著微弱的燈光、有人說是：「信陽！到了信陽啦！」

一時，哨子聲、雨聲、喧嘩聲。月台上人影幢幢，大家整頓了好一陣子才魚貫步出了車站，新增的病號，被人抬著、架著也都尾隨於後，呻吟著前進。

當時是深夜幾點鐘，也沒有過問的必要。馬路上斜風、陣雨、除了車站的附近尚有少數行人及黃包車之外，便是一片岑寂。

究竟要到哪裡去？好久才到？誰也不知道，也不敢問，只有跟著前面的人，隨著他向左向右轉，同時還有要注意腳下的水坑，不能亂踩，以免栽筋斗。

正、副目叫大家「把衣服頂在頭上，擋住雨」。但是能擋得住嗎？王正平也和大家一樣經過了兩天一夜的折騰，在車廂裡的「蒸、烤、擠、累」沒進多少飲料。如今，能受到雨水的「滋潤」，反而感到舒暢許多。

他們走了很長的一段路，經過不少街道，終於在一家「四合院」的門前停下來。門是開著的，好像裡面有人招呼著，分配住所，也有燒好的茶水。每幢房子只有盞吊燈，瓦數很少，只是照明而已。

其餘的大批人馬紮在哪裡？誰也不知道。大家急需的就是，脫下衣服把雨水擰出來、喝幾杯水，找個地方趕快躺下來。

王正平及其他共四個人睡一張床，是擠了點，但腦袋瓜枕在枕頭上──軟軟的、那比以前半圓樹幹當作枕頭的滋味不知要舒服多少倍，即使下面沒有墊什麼──只有一件破舊的草蓆，但大家已經很滿意了。只是衣服仍然很潮濕、屋小、人多、沒有地方掛、只好和衣而眠。正目叫大家常翻身、把衣服脫下來，擦乾身子，再穿、再脫、再穿，這樣才不至於受涼。

可是，大家倒頭便睡，酣聲四起，睡得好香、好甜、好結實。王正平一直睡不好、渾身火辣辣地，鼻息不暢、耳膜裡老是火車行進的「軋軋」聲，揮不去，彈不掉。一直過了好久好久，似乎才進入夢鄉，他覺得身子沉沉浮浮，飄到不知名的地方……。

第二天又在「嘟嘟」的哨聲中醒來，天還在下著雨，衣服也沒有乾，又要出發了。目的地是信陽以西的「游河」大約有五十里的路程。

早餐時，大家都像害了一場病、沒味口，饅頭吃不下，稀飯却喝了一肚子、汗也流了不少，才覺得舒坦些。

臨出發前，雨勢小了許多。大家把住房清理了一下便整隊離開了郊區的民防，房主是誰也沒有見到，當然也無從致謝了。

王正平記得春天的「台兒莊」之役，鄉下的大、小村莊，都住滿了軍隊，小孩們跟他們唱軍歌、看他們擦槍、講故事、墊馬路、修溝渠、臨走時，還把鍋巴、剩飯什麼的都送給老百姓，說了許多好聽的話。雖然「南蠻子」、「伊哩哇啦」的話不太懂，但從表情看來，他們是很高興、感激的，部隊出發時，孩子們都依依不捨，送到村子外面連連擺手，祝福他們打勝仗！

部隊離開信陽之前，大家又到火車站附近的倉庫裡領出大堆的「洋麵」，每人一袋抗在肩上，也有兩個人合起來抬兩袋的。只有帶隊官、正、副目和病號沒有挑擔，有人掉隊啦，就跟著督促、打著招呼：「快點啊！跟上隊、再走一、二十分鐘就可以休息了。」

小雨仍然在不停地下著、馬路泥濘不堪，每走一步路，都要小心翼翼。否則，就有被滑倒的可能。每個人身上已分不清汗水和雨水。「洋麵」已經加重了份量，許多人的肩膀已經被染成了白色的，好像油漆、有些人暗暗地發牢騷：

「運『給養』也應該選個好天氣！」

「像這樣蒸饅頭，不要加水了！」

「把我衣服上擰下的麵水，都可以燒成稀飯了……」

「……」

後來，據上級說：如果是晴天，鬼子的飛機來騷擾，說不定丟幾個燒夷彈，就完蛋了。何況是位於火車站附近的倉庫！「洋麵」受了雨水，還可以擀麵條、蒸饅頭。萬一被炸、被燒掉了，那就慘了！想想，這種說法也似乎有點道理。

信陽的城市有多大，誰也不知道。道路窄、房子矮，白天南來北往的車輛，熙熙攘攘地，頗跟徐州的城市不相上下。但鄉下的馬路寬闊、平坦，只是泥巴路，每個人被水花四濺的黃泥巴弄得髒不可言。起初大家還咒罵通過的車輛或離老遠就躲開了。後來，大家都變成了「泥人」，連長說：「這才有了『抗戰精神』！何況，泥巴又不是炸彈，躲它幹什麼?!」大家也就懶得在再躲了。

「吱……、吱……」的踩泥聲，延續到下午，部隊終於到了「游河」。

「游河」是信陽通往南陽途中的一個小鎮，有兩、三百戶人家，大多種田、也有經商的小舖子、部隊所駐紮的地方，是個外有土牆、內有數十間草房、巷弄、被廢棄的村落。以前，那裡被「紅軍」鬧得很厲害，所以附近的小村莊幾乎都有「城牆」和「護城河」，以資防禦。那裡的地勢平坦，有一條沙河和公路平行著。越過公路的南面，便是一排峯巒起伏的山脈。如果不是常有日機出現，一般老百姓還以為處於太平盛世呢？

部隊抵達那裡，把「洋麵」統統交給「特務長」所指定的地方。大家到河裡洗個澡，順便洗了衣服，折回來，把每幢低矮的草房子，略事整理，便都睡在四面沒有門窗和牆壁的「房子」裡（應該說是簡陋的「草棚」才對）。住在這裡的「房子」內，空氣是流通了；可惜、地方潮濕、蚊蟲太多，入夜以後「嗡嗡」的聲音，一直縈繞在耳邊。「劈劈拍拍」的打蚊之聲、此起彼落，害得大家都睡不著；可是又不得不睡！因為瞌睡的力量太大，雖然每個人被雨淋、腳泡被磨破了，肩頭疼得像火燒、甚至又飢又渴，但這時這些都顯得不重要了。

儘管排長叫大家：「把頭蒙起來睡！」但那也只能護住頭。肩膀、胸、背以下呢？怎麼辦？而且這裡的蚊子體型似乎比別的地方的要大好幾倍、嘴巴特別尖銳，隔著衣服都可以穿透。好像幾百年都沒有嚐過「人間菸火」，這次突然送來好幾百條幼嫩的「獵物」，難怪它們「前仆後繼」、「視死如歸」地進攻！上半夜還可以聽到「劈拍劈拍」的打蚊聲，但是到了下半夜就完全被酣聲代替了，以前，正、副目擔心大家會，腳底抹油——溜了。可是這晚他們匆匆點了名、却彼此打個招呼便各被「瞌睡蟲」拉進夢鄉。至於弟兄們會不會開小差？他們似乎都顧不了那麼多了。

第二天，似乎有點「反常」，「天老爺」突然放晴了，但大家起身的時間，也延後了三、四十分鐘，原來每班的正目都被連長叫了去「訓話」。

副目吹哨、集合，大家站好了隊，還有許多人都睜不開眼；原來眼睛被黏黏的「眼屎」給封住了！大家都不約而同地用自己的唾沫敷在眼縫上，一面揉搓、一面把「眼屎」弄下來。

「集合！」

正目回來了，帶著滿臉的怒氣！大家都呆住了，依照常識和經驗判斷，大概全體又要倒楣了！不知是罰跑步、是「舉手半分彎」、「伏地挺身」、還是罰勞動？……大家都屏息以待，也不知究竟發生了什麼事情。隊伍其實早已經集合好了，正目的腳步快而有力、由遠而近，所有弟兄都在凝神注目期待著。

「集合！大操場集合！」正目指著前方。

「前方」是哪裡？該不是遠在新安、窰洞上面的「大操場」吧？大家都被弄得滿頭霧水。看樣子，每個人心裡都有一把火！

王正平在想：兩天一夜的火車，已快把人給悶死了，昨晚的「信陽之夜」——濕衣服經過一夜，幾乎暖乾了、又被淋濕了！淋濕了衣服可以洗，可以乾，那些被水濕透了的「洋麵」又怎麼辦？昨夜與蚊子的「血戰」。身子發燙、喉嚨發乾、心情冒火，這該如何呢……。

「跑步——走！」一聲口令下，正目在前，大家跟隨在後，王正平的思緒未斷、腳好像「自動」地跑起來，而且步幅、速度都一樣。他有點奇怪，也有點沾沾自喜，就像聽到「立正」、「稍息」的口令那樣——不遲疑、不思索、立即「刷」地一聲，聽起來連自己都感到滿意。

大操場就在「城門」外面的「打穀」場上，一連人的活動足夠了，場外面有些樹木，陽光拉長了樹影。再遠處，是些阡陌縱橫、收割完畢的稻田。有些悠閒的水牛在吃草，兒童們看見士兵在集合，便一個個站在場外看熱鬧。

隊伍都站好了。連長叫「大家稍息聽著」。弟兄們仍然和往常一樣。當連長一開口，便「刷」地一聲，行個「立正注目禮」，然後連長說句：「請稍息」。

但是，他並沒有再說什麼，只是面對著一個個期待的眼神，從頭看到尾，三角眼卻帶著柔和的笑容，問大家：

「累不累？」

「不累！」

「苦不苦？」

「不苦！」大家的吼聲肯定而宏亮。每次答話都把右腳抽回來，使勁地碰著左腳，「刷！」、「刷！」的聲音很好聽。

「不累、不苦，那是瞎話。」連長點頭、微笑。他說「不做軍人『拉倒』，既然做了軍人，連命都不要了，受點累、吃點苦，算得了什麼，對不對？」

「對！」

「第二排、第三伍！」

「……」冷不防連長點起名來。

「誰是第三伍？」大家你看我、我看你。一下空氣僵硬了好幾秒鐘。

「有！有！……」有人跟第三伍遞「點子」他像觸電似地，一方面回答，一方面舉起了右手。這種「突發事件」，誰也沒有心理準備，不由得把所有的視線都集中在「第三伍」身上。他的面孔好像一下子拉長了許多，嘴角繃得鐵緊、舉起的右手在發抖……，不知如何是好？下意識告訴他，莫非是大禍臨頭了！大家也替他捏了一把冷汗！

「第二排第三伍。」連長的口氣卻是平靜的。

「有！」

「你是不是才剛睡醒？」

「報告連長！第三伍急死了：我早就醒來啦！」

「哈！……許多人都忍耐不住笑了起來。」

如果是平時，連長一定會大罵大家：「笑什麼！幸災樂禍是不是?!」或者給大家來個「跑步」的處罰。

可是，沒想到這次，連長的口氣卻「出奇」的平靜，他既不笑，也不罵人。反而有點感嘆地說：

「想不到你們天天吃老百姓、喝老百姓，接受老百姓的供養，卻連自己是第幾伍都不知道，還能保國衛民嗎?!」接著，他告訴第三伍：「稍息！」
「第一排第四伍！」
王正平一聽連長喊的號碼正好是他的，趕快「立正」舉手、高聲回答：「有！」
「我問你，是蚊子強還是人強？」
「蚊子強！」
王正平的回答，把場外看熱鬧的人都引笑了。而隊伍裡的人，更無不感到意外！大家都可能在想：這個大「渾球」，大概是還沒睡醒哩，怎麼可以這麼胡說八道！「軍中無戲言」，尤其上操、上課、訓話的正式場合，更不能亂講話。這小子可真是「放著好日子不過，偏要戳馬蜂窩」！看樣子，連長不知要怎樣去整他。大家都準備看一齣「更精彩的」好戲。
「你說說理由？」沒想到三角眼却是出奇的平靜，他瞇著眼、偏著頭、有心等待「下文」；也好像告訴大家，聽聽他是怎麼說的吧？
「人的體格雖然很強大，可是昨夜被蚊子『打敗』了！我們每個人都付出『血』的代價！」
「什麼?你再說一遍？」
糟啦！每一個人都伸長了脖子，似乎在看王正平馬上就要「大禍臨頭」了。
但是王正平却提高了嗓門、從容不迫地又重覆了一遍。而且以標準立正姿勢──「兩手貼於褲縫」、面對連長一字一句的都不含糊。

「好，好，」連長點點頭，叫他「稍息」。然後面對大家高談闊論，藉題發揮。除了稱讚王正平「墨水喝得多」、人也「狗攆鴨子——呱呱叫」之外，他把「訓練有素、武器精良」的日軍比作「強人」、把國人比作「蚊子」，「只要大家不怕死、不怕難、處處圍攻他、便能剝他的皮、喝他的血，打得他們像「喪家之犬」。最後他大聲地問大家：「對不對?!」

「對！」大家也特別提高了聲音回答，就像是吼的一樣。

事後，大家上晨操、跑步，都特別賣勁。步伐也很整齊。「一二三——四」、「一二三——四」的呼叫聲，也特別響亮。這連人回到營地、用早餐時，每個人又都汗流浹背，衣服黏黏地怪不是味兒。

天氣熱、操作重、夜裡睡不好，在「緊急申請蚊帳」沒有配發之前，大家對付「敵人」——蚊子的辦法用「火攻」。晚飯以後，先把室內的「反潮」的濕稻草堆在外面燃燒，正好火不大、菸氣却很濃，整個村子完全陷入黑菸裡，好像就要發生大火似地，弟兄們跑來跑去、不是救火，而是抱柴草、繼續熏蚊子。又把室內舖了厚厚的一層新稻草，大家睡在上面，固然是聽不到「嗡嗡」的蚊子聲了，可是薰煙氣味太重，室內的溫度久久不能降低，每個人睡在地舖上熱汗淌個沒有完，毛巾、手帕都像從水裡拿出來那樣，這真是始料所不及的。

昨夜拿衣服是攆蚊子，今夜拿衣服當扇子，還嚷嚷著「好熱啊！好熱啊！……」

夜裡睡不好，一日三餐的麵食——不管吃饅頭、喝麵條都有一種酸、霉味道；不吃、就挨餓，眼睛發黑，四肢無力。吃了食物、立刻就想嘔吐；能把食物吐出來還能舒服一會。那些吐不出食物的人就害得肚子疼、常常蹲廁所、流眼淚、挨罵、受氣、「出小操」。實在不得已時，才由人帶隊去診療所。

有人建議：「多加鹽」、「多放辣椒」、「多吃大蒜」……但都絲毫沒有效果。

有人建議：「乾脆把『洋麵』統統倒進沙河裡！不然大家都會病倒的！」可是，上級也不願意，說是「好、壞麵粉是分開保管的。壞麵粉已經送給人家了。」

可是，拉肚子的人數却直線上升、而且又有不少人打了「擺子」，王正平就是其中之一。當每天下午要上「講堂」教授「射擊示範」時，他就開始發冷，渾身打哆嗦，人就好像冬天沒穿衣服一樣。頭發緊、心在萎縮、萎縮……倒地、縮成一團，牙齒碰著牙齒「得、得……」、嘴角喊著「好冷啊！好冷啊！……」

弟兄們架住他回來、睡在地舖上、叫人：「拿被子來！拿被子來！」實際上蓋在他身上的是軍毯，蓋上了十條、八條，還是冷得不得了！

大熱天，別人穿一套軍裝都冒汗，而且還用帽子當扇子。但他把自己蒙在厚重的毛毯裡面、密不通風、滴汗不流、身子却像火燒似的那樣燙，「哎喲……哎喲……親娘哩……好……冷……好……冷……哎喲喲……」一聲聲、既緊迫、又短促、像陣陣寒流似地，像洶湧的波濤似地向他衝擊，向他壓迫。他感到抽筋、痙攣、恨不得找個縫、鑽到地下去、以躲避冷、擺脫寒。他甚至要求把他槍斃算了，也不願被打擺子的這種寒冷凌虐而死！那種滋味實在太難以忍受了！

「我要水！我要冷水……」一聲聲呻吟，只有在生死邊緣上、間不容髮，才會發出那種深沉絕望的呼號……。

可是，這些自生命本能迸發的嘶喊、又能得到多少幫助！多少同情！多少憐憫！因為大家不是上操就是害病。根本沒有誰能顧得了他。

當「冷潮」逐漸離去，而「熱浪」却緊隨而至，再度向他凌虐。

王正平把所有的毯子拉開，丟得遠遠地，還是感到「熱」的威力！口腔冒火、喉嚨乾燥、耳膜被「燒」得「嚶嚶嚶」地一直在不停地響。把外界的聲音都給隔絕了。

「王正平，喝水。」終於，他似乎聽到副目的聲音在叫他。

他睜開火辣辣的眼皮，看清楚副目的面孔、無力地說：

「謝謝。」

「在家靠父母，出外靠朋友，快別客氣。」副目遞給他茶缸。

他「咕咕嚕嚕」地把一缸水一口喝下去。

「還喝嗎？」

他搖搖頭，閉上眼睛，又在接受「火」的煎熬！

從發冷到發燒、到燒退、恢復正常，王正平整整和病魔「戰鬥」了三小時，才把「敵人」擊退。但是，並沒有消滅，第二天、第三天……打擺子這種「敵人」按時前來「進攻」又經過同時間的先冷後燒「猛烈戰火」、最後出了一身冷汗，才算脫離「戰場」但是，耳鳴、目眩、口腔發苦、飲食沒味口、面孔蒼白、渾身痠軟的後遺症，却久久不能復原！即使服用了「金全雞納霜丸」把病醫治好了，體力的復原還是經過了一段相當長的時間。

當時，軍中的疾病除了「打擺子」以外，還普遍流行「腳氣病」和「疥瘡」。但這些病被上級認為不算是病，只告訴大家在收了操後，用熱水燙燙、抓抓癢，就可以了。而且還說那滋味比當了活神仙還自在哩！

於是，儘管沒有人願意當「神仙」，但一有空就紛紛搓「腳丫子」，或用熱水燙「疥瘡」和「腳氣病」嚐到當「神仙滋味的人倒可真不少！

另有一種流行病叫「痢疾」。「痢疾」有「赤痢」、「白痢」兩種。「赤痢」有血、「白痢」像鼻涕、像膿。患了這種病的人，腹疼如絞、老想去廁所——一天去廁所二三十次，一次只有一點點膿或血，解了又疼、疼了又解。軍中廁所不多，「病號」一多，便在附近的屋後、牆角、水溝附近隱蔽的地方，就地進行方便。方便以後沒有紙擦拭，便就地取材，隨手撿得石塊、瓦片、草葉、枯樹枝什麼的，都拿來派上用場。結果是弄得駐地附近汙穢遍地、臭氣薰天。

連長看到此種情形，曾大為光火，特別集合大家來訓話，他本來是要找出那些不講衛生的人出來，加以重重處罰的。結果，他聽到列子裡有人在嘆氣，一下子有些心軟了，於是他語重心長的告訴大家：「大家的病痛，我不是不知道，也不是不管。譬如：你們的蚊帳、你們的膠鞋、給養、醫藥，什麼的，都有！可是，前線吃緊，鄭州、花園（註：均在平漢路上）一炸再炸，許多補給品都受了影響，要遲些日子才能運到，這正是我們要體諒的。嘆氣有個屁用！如果，吃點苦就嘆氣，那麼當初你們跑出來當兵是為什麼?!男子漢大丈夫連自己的家鄉都保不住了，你們埋怨誰?!大家憑良心想想吧！怎麼辦?!」

這下，全體都啞口無言，連長不喊「稍息」的口令，大家都垂手、立正地站著，誰也不敢動，額頭的汗珠子直流，也沒有一個人擦汗的。好像集體罰站一樣。連長、排長、佩用紅白值星帶的值星官以下的正、副目都像木雕泥塑般地站著，足足有兩分鐘之久才宣佈「解散」！

平時，一喊「解散」的口令，大家像一窩蜂似地衝向廁所、茶桶。一些身體不舒服的、則趕快回到寢室裡睡一會、閉目養神，準備下一節課的衝刺。可是，這次「解散」，每個人的腳步都很沉重，也沒有過份的喧嘩聲。只有幾個愣小子在輕聲地開玩笑：

「喂，連長問我們『怎麼辦』你看該怎麼辦呢？」

「我？我看只有『涼拌』了。」

「少胡扯了，咱們聽聽王正平的意見！王正平，你說呢？」

「……」王正平沒有做聲。

「王正平，你怎麼不開腔？」

「我身體不舒服」，他不得不勉強回答。可是，他的腦子裡頭顯現的是：兩鬢飛霜的老奶奶；手執長鞭在趕牛車的爸爸；還有正在河邊洗衣服的媽媽；以及紅「膏藥」飛機俯衝、轟炸村落、拉起機頭的響聲、和人、畜倒地噴血的鏡頭……這些情景，交織成一片驚恐、張惶失措、奔跑、紛亂的畫面……只不過短短三四個月的時間，那阡陌縱橫、桃紅柳綠的家園，便在日軍侵略的鐵蹄下完全破碎了！

如今，他已由學生，變成喪家之犬；曾做過日軍俘虜、小乞丐、苦工、「逃兵」、病號……老奶奶怎麼會想到自己的孫子竟然會忍受這一連串不幸的遭遇呢？還有這些生活在一起的弟兄們，哪個又能逃過這一空前的「劫難」！尤其最不幸的是李花亭——那個浮腫的臉，已經永遠消失在異鄉了……想到這裡，他不禁淚流滿面快哭出聲來了。

大家見到他這個樣子，也就不敢再問他什麼了。

# 六、千錘百鍊，苦盡甘來

為大家盼望已久的蚊帳終於發下了！每位弟兄像中了頭彩似的，立刻買了鐵絲把它懸掛起來，晚上不再燒柴草，「烏菸瘴氣」的生活，就此結束。寢室週遭和廁所裡，也都撒遍了石灰，看起來要比以前「衛生」多了，心裡因而踏實了不少。雖然那些翻滾的蛆和到處飛舞的蒼蠅也減少了許多。但吃飯時還是要一手端碗，一手趕蒼蠅，從菜、湯裡挑出一兩隻蒼蠅屍體，也是極其稀鬆平常的事。不過，下鍋燒飯菜的水，却都一律用「白礬」（註：白色結晶體、成岩石狀，可以沉澱水中的雜質）攪拌過。菜食雖說不太好下飯，却可以讓大家吃飽。而且再也不必吃酸饅頭、酸麵條了。有時候，在星期天還能吃頓「扁食」（註：水餃的別名），那真是令人高興不已、雀躍歡呼的事！大伙兒七嘴八舌地在喳呼著：

「吆喁，這不是像在過年嗎？」

「我不吃它一百個（「扁食」）才怪！」

「不行！不行！要平均分配！」

「早知道今天吃『扁食』，昨晚上的『饟饟』（註：類似饅頭的一種食物。）我就可以省啦！」

「哼！你是『餓死鬼』投胎的?!……別丟他娘的人了！」

大家不僅「鬥嘴」，而且還動手、動腳，你推過來，我擠過去。也有兩三個人逮著另一個、作「惡作劇」遊戲，輕的是「揭火紙」（註：把剃光的頭，使勁地往上搓）「砍老二」（註：以頭作「老二」，雙手往復搓著頭臉）。重的是「找老二」——把腦袋瓜使勁裝進褲檔裡，還要問：「找到了沒有？」對方說：「找到了。」就把他的腦袋瓜放出來。否則，就一按再按，直到承認「找到了」為止才罷休，接著便是一陣笑鬧，這就是枯燥生活裡的一劑「甘草。」（註：為中藥之一，味甜美）

徒手操老早告一段落了，照說應該全面發槍了。可是，却一直是「只聽樓梯響，不見人下來」，部份人還是沒有領到槍。

「好久才發槍？」大家互相詢問著，但就是不敢問上級。

「也許教我們當『扛子隊』吧？」沒有槍的人都羨慕前五伍——他們都有一枝步槍。而前五伍又羨慕沒帶槍的人：

「你們多舒服啦！無槍一身輕——既不要維護，也不要保管，要操槍，要『三角瞄準』（註：作練習射擊的術語。意謂：通過『缺口』、『準星』到『目標』連成一線，作三次瞄準，每次均有一點，連此三點，成為三角，故有『三角瞄準』之稱。三角愈小，成績愈好；反之則壞）。一要槍，馬上有人送上，我們等於是作你們的『馬弁』（註：官長的下手人），怎麼樣這不是頂好嗎？」

「可是，」對方故意擠擠眼，作調皮狀：「好軍人要是沒有槍，像話嗎——不夠神氣呀！」

「要神氣，那你就多等一下吧！」

不久，大批大批的槍枝終於領下來了。大家都喜歡得不得了！還沒等到發槍，大家都過來摸摸、看看，不時發出讚嘆之聲，大有「一槍在手，萬夫莫敵」的氣概！好像今天發槍，明天就可以在人前耀武揚威神氣一番了！

尤其王正平從小就對那些頭戴「金箍圈帽」、腳穿「千張鞋」、身背大洋槍，前面有「嗒、嗒、嗒、的」雄壯、「洋號」開路、行進時唱著「三國戰將勇」軍歌、一個個威風凜凜的軍人、十分的嚮往。他覺得那股勁可真是神氣死了！當時他看在眼裡，既羨慕，又欽佩，總希望趕快長大，也能像那樣地耀武揚威一番。有一次，他還找附近的小朋友們排起隊來，以木棒、「燒火棍」作洋槍，邁開步伐，要前面的人，以口令當號，也「噠噠的、噠噠的」的「吹奏」著，還模仿「老總」高唱「三國戰將勇」的歌曲，十足地過了一下作軍人的「乾癮」哩！

如今，真刀真槍就擺在眼前，隨時都會擁有一枝洋槍。王正平有一種洋洋得意的衝動。暗暗自忖：「我終於有了一枝真槍，再遇到日本鬼子，可就不再是一隻束手待擒的綿羊，而是一隻下山的猛虎，到時咱們走著瞧吧！」

正當王正平在沉思的時候，「呀！這是什麼槍嘛！」細眼的沈排長忽然失望地嚷了起來：「你們看，『漢陽造』、『鞏縣造』、『大沽造』、『土打五』、『俄國造』，還有他娘的『大蓋槍』（註：槍門上面有活蓋、故以得名，造自日本。）……這不是『大拼盤』、『大雜燴』是什麼?!」

吳正目把子彈放在槍口上一搖、洩氣啦：

「哼，都是『老太婆』啦——一點『束力』都沒啦！還管個屁用?!」

這下把弟兄們弄糊塗啦！剛才還興高采烈地，好像每個人就要娶媳婦——當新郎倌了，怎麼排長、正目只是看一眼、摸一把就洩氣啦！令人糊塗的是：「老太婆」又與槍管有什麼關係？

「楞什麼！楞什麼！」黑眉毛挑了挑：「去！去！……站遠點！」

大家的臉色很迷惘，但是並沒有站遠。

「你們不懂，是不是?真是一群笨蛋！」吳正目想笑却沒有笑出來。好像看不起這些只長身個、不長心眼的笨傢伙：「簡直連鼻涕都不會擤啦——一個個傻吊！喏——」

正目以左手食指與大姆指合成一個圈，用右食指插進去，搖挽著、迅速地抽拉著、便說：「像這樣子，還有個屁用！」接著，他把左手的圈子縮小，緊緊地包住右食，指使勁抽拉不易，他問大家：「這樣呢？」

「哦——」一半以上的人都笑了起來，笑得前仰後合、不能自己。可是，也有人低下頭、也有人張著嘴，不知大家在笑些什麼，好教人納悶。

「怎麼，你是傻吊?還是裝糊塗?!砰!」吳正目一拳打在外號「禿子」的左胸上。「禿子」眨眨眼、楞了一下。幸好，拳打胸脯已成家常便飯。被打的人，在下意識裡早已養成隨機應變的習慣、不為所動;只是張著疑問的嘴，又好像是一種無言的抗議:「不懂就是不懂，幹嘛還要裝糊塗——別拿人窮開心了!」

最後一批槍枝也送來了，和上次一樣，也沒有新槍。輕機槍倒有九挺，都是清一色的「大沽造」，一些備份的槍管也都上了鏽。却沒有火力強大的「捷克式」。這使正、副目以上的幹部，都非常不高興!

「他娘的!這些槍枝連「火燒棍」都不如!」

「槍枝的口徑不同，只有一種子彈怎麼作戰?!」

「中央軍和西北軍同樣對鬼子作戰，為什麼發給我們這些破銅爛鐵!」

「說是先湊合一下，以後再換。哼、這『以後』是多久呢?」

儘管有這麼多疑問，然而却無法得到解答。

以後的日子，大家天天扛著不同的槍枝到操場上去操槍，在各種地形上「打野外」、在河裡涉水、爬山、在樹林裡求生，在靶場上打靶，凡是吃過「燒餅」的人(註:沒有打上靶環、從掩體裡伸出「燒餅」大小的標示，故以為名），回到營地除了挨罵以外，當別人休息時，還要被罰「出小操」和做鋤草、挖廁所、疏通水溝等等的勞役。

「築城教範」也是訓練的課目之一、「單人掩體」、「機槍陣地」、「戰壕」、「交通溝」……的大小尺寸、深廣度都有規定，都要實地動工挖掘。上級教大家「平時多流汗、戰時少流血」。尤其要做到「槍不離身、身不離槍，因為，槍枝是人的第二生命，不得有絲毫的馬虎！」

每個星期天的上午，就是整理內務、擦槍，凡是不合格的，不得離開營地。每人的蚊帳、軍毯、盥洗用具，以及槍枝的任何部份都必須「明光、水滑」一塵不染，完全合忽要求了，才得外出。外出時，更要「服裝整齊、精神飽滿」，由帶隊官帶隊出發，大家集體活動。

為了「爭取」外出的權利，每一個人一大早就開始收拾，等到能獲得外出的權利，已經是快到開午飯的時間了。

不過即使能外出的人，回來以後，也是牢騷滿腹。

「娘的，這算是什麼星期天嘛——出去一點意思都沒有，還不如平時上上課、出出操那樣單純！」

「出去碰到趕集，想玩玩、看看，單獨行動，都不可能。每一步都有副目陪著，說是怕我們『迷了路』或被『女人拐跑』啦！哼！我們又不是小孩子，女人又怎麼『拐』了我？」

聽了大家的牢騷，副目也有另一套說詞：「你們既不買、也不賣，在家鄉時，又不是沒有趕過集，街上到處人擠人，有啥玩頭？看頭？將來，等打了勝仗，把鬼子輦跑了，回到家鄉，娶個好媳婦，生個胖小子，那時候才能過平和的日子，對不對？」

雖然沒有一個人說「不對」，但大家心裡卻有些很不舒服！

不過，也有人表現得服服貼貼的：

「在軍隊裡不錯啦，不要『睡三更、起半夜』，就有飯吃、有水喝。天天不是吃饅頭，就是『喝湯』（註：吃麵條的另一名稱）也不要下田、種地、牧牛、割草、收莊稼，只是上上操、打打野外，你還要多自在！」

也有人說：

「種地的人，也不能保證年年『風調雨順』。他娘的，有時，老天爺不幫忙——不是『澇』、就是旱再不然遇到『老飛蜂』（註：蝗蟲的土名），只是一頓飯的功夫，就把所有的莊稼吃得光禿禿地——簡直『寸草不留』。你看莊稼人的日子怎麼過?!在這裡，就像天天過年、節，這還不行嗎?!上操累，做莊稼活不是更累?!」

「哼！」也有人引證沈排長的話：「他說的話很有道理，前些日子有人埋怨饅頭酸、麵條酸，不錯。可是，我從小就遭遇過，到了春天二、三月青黃不接的時候，家家戶戶的麵缸一清如水，連個酸饅頭、酸麵條都硬沒有，你說怎麼辦——還活不活下去?!」唉！這話一點不錯！

只有挨過餓的人，才知道珍惜米、麵是不是？」

「噯、噯……少吹牛好不好？」也有人提出相反的意見：「你吃那些大概是不會拉肚子的。那下次叫沈排長把所有的酸饅頭、酸麵條都給你留下來，以防將來你碰到『青黃不接』好不好？」

「哈，哈……」大家都大聲地笑起來。

# 七、腳穿「千層鞋」，心中萬種情

軍中所有的補給品，大家連續接受訓練的時間裡，日漸補充完畢。只是頭戴的鋼盔和腳穿的「力士」鞋，還老是在盼望中；尤其是鞋子的補充最為迫切，有些人的鞋子已經透底了，還捨不得丟棄。一方面是「老奶奶親手做的」，含有親情的意思，另方面是：如果丟了鞋子，就沒得穿了。

王正平的鞋子是「千層底」──那是她娘在戰亂來臨前，熬了好幾個通宵、在昏暗的燈下替他一針一線、用「頂針」加力，弄斷了好幾個鋼針替他縫製而成的。雖然沒有「力士」橡膠鞋那樣穿起來柔軟、舒服，但其堅固耐穿的程度，有過之而無不及。如今那雙「千層底」也差不多已經殘缺破爛了，但他還捨不得丟掉它。像這類的情形很多。但看在長官的眼裡，不整齊、太雜，簡直就像叫化子一般。後來上級便要求大家「打草鞋」、限每人都要打兩雙，這樣才取代了亂八七糟的布鞋、膠鞋、破鞋、臭鞋，才算整齊化一，同時，也把「腳氣病」給大大減少了。

王正平是出身於鄉下，從小就知道「打草鞋」是農人的副業。「草鞋」僅是其中之一，另有「麻鞋」、「蘆葦草鞋」等等，都是老百姓所喜愛的。那些鞋不僅耐穿、耐用，而且適合於冬季、雨季，是可以保溫、擋雨的。

當部隊集合以後，連長徵求「會打草鞋的人」？他是第一個舉手的，而且，當場就當了「教官」。為此，他固然感到高興，弟兄們也對他羨慕不已！

以後，每當操作、上課完畢，便由王正平和幾位助手教導大家如何搓繩、如何選擇稻草、如何編織的技巧。弟兄們學得很快，編草鞋的材料俯拾皆是。自從大家一律改穿草鞋以後，除了「稍息」、「立正」的聲音稍嫌不夠有力以外，隊伍反而顯得整齊劃一。特別是寢室裡再也沒有那種令人作嘔的「臭鹹魚」氣味，使得室內空氣顯得清新了許多。

各種生活條件和生活環境逐漸改善以後，「病號」日漸減少。苦澀的日子已經習慣，不管是上操場、打野外、作實戰演習……已成家常便飯，大家都再也不以為苦。只是大家離鄉背井太久，家中是個什麼樣子？父兄家人的情況，卻令人非常惦念。由於看不到報紙，聽不到收音機，戰事究竟怎樣了？可能連下級軍官、正、副目也不見得知道。只有從日機出現的機會日漸頻繁；軍中大量蒸饅頭、又曬成「饅頭乾」；不斷地炒米，把它裝在細而長的布袋裡；以及把借自民間的工具限期送還；把送洗的衣服及委託老百姓縫補的衣服拿回；這種種跡象看來，大家猜測大概距離開的日子，不會太遠了。

一個週末的下午，大家都在營內相互剃頭，為此，有些人鬧得不太愉快：

「剛才我給你剃頭，可是乾淨利落得很啊！怎麼現在——哎喲喲，你幫我剃却像在拔頭髮一樣？」

「扯淡啦，我剛才可是咬住牙，硬撐的。」

「如果我『砍空』（註：說謊之意），就是你的『小舅子』（註：間接罵人語）！」

「別再磨嘴皮，」也有人在旁解圍：「連上的剃頭刀，只有人用、沒有人磨，用刀子的人是外行，當然不如剃頭鋪子的剃頭匠！好啦，好啦，別吵啦！晚上請大家看『文明戲』。」

「別騙人啦！」

「騙人?!這是真的啦，不信你們去問連長。」

大家一打聽，果然沒錯。弟兄們高興地催著「趕快剃」也顧不得頭髮是剃的？還是「拔」的，一律提早收工。趕緊吃完晚飯，值星官大略地檢查了各班的服裝、儀容，還交代了許多注意事項，才向游河鎮出發。

舞台是設在廟前的打穀場上，用木板、凳子搭成的。台上有兩盞「呼呼」響的汽燈高高懸起。藉著強烈的燈光，看見一面橫跨的紅布，白紙上寫著「信陽各界勞軍晚會」會場四週已經圍滿了大人、小孩，看軍隊魚貫入場便激起了無數觀眾們的掌聲。各路人馬都在七點鐘以前，陸續到達。所有的座位，可能是老百姓搬來的，也有借自各學校，由於大小，高、矮不一，正好排成前矮、後高的觀眾席，看樣子他們是經過一番精心策劃的。

節目開始，先由一位首長致詞。大意都是：國家遭受到日本帝國主義的侵略，遭受了燒殺擄掠的浩劫，生靈塗炭，軍人犧牲一切，保國衛民，令人敬佩……接著把幕布拉開，便有兩排男女青年站在台上、由指揮代表全體向觀眾們深深一鞠躬，台下立即響起一片熱烈的掌聲，久久不息。

從報告節目的小姐口中，知道第一個節目是「大合唱」要唱出：「國旗歌」、「山河戀」和「犧牲已到最後關頭」，每一歌曲演唱完畢，便激起台下如雷的掌聲，「再來一個！」、「再唱一個！」的呼叫聲，此起徵伏。有些人，情不自禁地流下淚來！而台上也有好幾位白衣、黑裙的女生，是含著閃閃的淚光演唱的。

王正平對這幾個歌曲簡直熟透了。一聽說「山河戀」，他內心裡就受到無比的衝擊，而為之熱血沸騰。坐的位置，彷彿不是游河鎮的打穀場，而是「省徐中」的升旗台前的大操場上，萬眾一心在同唱：

「看國旗在天空，飄飄蕩蕩趁長風。顏色麗、氣度宏，青天白日滿地紅。揚國威、壯軍容、飛翔南北與西東，為我中華民族爭光榮……」。

唱到「山河戀」時，王正平已經想到：

「國恨尚未雪、豈可徬徨、回憶起錦繡山河，一刻不能忘，赤焰遍地、故鄉可如常？……」

他一面吟誦，一觸及「故鄉可如常？」就像一下子被一枝箭刺中了心房！感到十分難過。記得離家時，故鄉被炸得濃煙四起，火光衝天，逃難的牛車不能回家。三、四百戶人家、雞飛狗跳，連自己的一家人在槍砲聲中，四下奔逃，誰也不知道彼此的下落，怎能「如常」?!又何時才能「如常」?!能不能「如常」?!霎時間，使他產生了複雜而難以抑制的情緒。

台上的青年越唱越有勁，越唱越激昂，那位文質彬彬的指揮，他的一舉便是一個音符，他的一動便是一句歌詞，他有力的雙手上下交替，左右飛舞、身子隨著韻律的發展，完全融入於「那長白積雪、那北海畫廊、那廬山五老、那西子遊舫、那浩蕩的洞庭、那燦爛的敦煌……」的歌聲裡……。

台上的演唱者，固然唱得激昂慷慨，而台下的人，懂與不懂的，也都產生共鳴，如癡如狂，只有藉著如雷般的掌聲，來表達他們的心聲。

「向前走，別退後——」王正平一聽到是「犧牲已到最後關頭」的頭兩句歌詞，早已忘記了左右伍向他遞「點子」——「小聲點」；而逕自大聲唱了起來，向台上的歌聲相互呼應。接著便是「生死已到最後關頭、同胞被屠殺、土地被強佔、我們再也不能忍受！我們再也不能忍受！」一聲比一聲高、情緒激發到最高潮，接著便是「亡國的條件，我們絕不能接受。中國的領土，一寸也不能失守。同胞們，向前走，別退後，把我們的血和肉，去拚掉敵人的頭……」

台上台下唱到此處，王正平真有立刻奔赴前線拚掉敵人頭的衝動！他一面含著淚水，一面握緊了拳頭，別人看他渾然忘我、隨同台上唱歌的激情，不但沒有勸阻的意念，反而被義正詞嚴的歌聲同化了，頗有似曾聽過、惜乎不會唱的遺憾！

大合唱完畢以後，接著演出「文明戲」。

拉開幕布，便是一家廳堂，老少過著快樂而幸福的民間生活，忽然從後面「乒乒乒、乒」響起一陣槍聲，這一家老少都嚇得東藏西躲，客廳裡馬上沒有人了。不多久，從後台出來一個喝得醉醺醺的日本兵，懷裏摟住一個哭兮兮的少女，正在毛手毛腳、調戲她時，忽然出現兩個手持短槍的游擊隊員，「乒乓」兩聲把日本鬼子打倒在地，救出那位受難的少女，然後展出青天、白日、滿地紅的國旗。於是、閉幕，台下一片掌聲。

這齣「殺鬼子」的文明戲，王正平在家鄉已經看過幾次了，想不到偏遠的河南鄉下，也能看到，從大家拼命的鼓掌聲，吹口哨聲，證明是很受到老百姓的歡迎的。

接下去是位長袍、八字鬍、滿頭白髮的老先生，左手拿把胡琴、右手領著一位隻辮的小姑娘，走到前台，作自我介紹。他是東北人、自從「九、一八」事變、「東三省」被日軍佔領，因不堪鬼子們的虐待，才帶著小孫女離鄉別井、流浪在外、過著乞討生活，苟延殘喘。今晚「到了貴碼頭、侍候各位鄉親幾段歌曲，有錢幫個錢場，無錢幫個人場——」然後拱手為禮，撩起長袍，坐在一把椅子上，蹺起「二郎腿」，把胡琴定定弦，隨著台下的掌聲，便拉了起來。

那位小姑娘唇紅齒白，面目清秀，穿了一身花格子的衣褲，年紀也不過十五六歲，滿臉的哀愁，無形中大家就感染了她的莫名憂傷，全場鴉雀無聲，屏息以待。

老先生拉了一小段「過門」之後，她才輕啟櫻唇，唱了幾段小調，如：「春季裡來吆桃花紅，小妹妹待字吆在閨中——」、「正月喲裡的正月圓，小妹妹我上街喲看呀看花燈——」還有「送郎十杯酒」……她還能勉強唱出點音韻來，等到一開始唱「我的家在松花江上……」她就含著滿眶的眼淚，直如梨花帶雨「……那裡有我的同胞，還有那衰老的爹娘……」唱到「九一八、九一八，從那個悲慘的時候……」她已兩肩抖顫、胸部激烈的起伏，最後變得泣不成聲了……。

老先生由生氣、怒目，最後停止了胡琴、一把抓住了小姑娘：「妳只知道哭！哭！……我們已經家破人亡了！再哭，有什麼用？你不唱歌，咱們連飯都沒得吃了，知道嗎？」

他越罵越生氣，忽然舉起了鞭子，拉住了小姑娘的脖子，正想打下去。這時台下觀眾的情緒高漲，有的向台上扔銅板有人在大叫：「不能打！不能打！……」

但老先生卻真地打了起來，小姑娘被打得團團轉。繼而抱頭大哭。

忽然在人群裡有位穿便衣的先生站了起來、跑上台去，一面高叫著：「放下你的鞭子！放下你的鞭子！」一面隨手把老先生的鞭子奪下！然後三個人同時向台下，高聲說道：「謝謝大家的捧場，謝謝！謝謝！」

觀眾們這才明白是怎麼回事，有些人由同情、感嘆而轉變為驚訝、憤怒、迷惘；最後又變為會心的微笑、而猛拍巴掌！

勞軍團後來又表演了「相聲」、「鐵板快書」、「魔術」、「舞蹈」……壓軸節目是「大合唱」、唱了「山河戀」、「游擊隊歌」和「全國總動員歌」，最後在「動員、動員、要全國總動員、反對暴力侵略、掙脫壓迫鎖鍊，要結成鋼陣線，民族出路只一條，生存惟抗戰……大家奮鬥到底，槍口齊向前……」的歌聲與掌聲中圓滿結束。

那天，部隊興高采烈地回到營地，已經快到深夜十一點了，大家睡在地舖上，還在喋喋不休，彼此興奮地在談論晚會上的一切，直到值星官吹了哨子，威脅大家：「誰再說話，就把他丟出去餵狗！」才把各班的聲音壓了下去。

也許是太過於興奮了，儘管值星官制止大家再講話，但每個人差不多都患了失眠症，翻來覆去所想的老是那些激昂慷慨的歌聲，老人的鞭子，小姑娘的哭泣、觀眾們的情緒，像爆發的火山，不可遏止！所以到了下半夜應該很涼爽了，但王正平的額頭、手心都是濕漉漉的，他彷彿聽到「トト」的心跳聲。小姑娘的雙辮在他心頭上甩呀甩的，彷彿和他妹妹小蓮的辮子是一模一樣。可是如念她在何方?!……此時他很想哭、但他不能，這樣會吵醒了別人，他只有把雙手合起來。蒙住了嘴巴，心裡數著「一二三四……」，讓自己慢慢地安靜下來。

第二天在曚曨中他被「嘟嘟」的哨聲驚醒，趕快整裝、盥洗，快步跑到操場上，這時他的眼睛還是熱辣辣地，便聽到有人叫他：

「王正平！」

「有！」他面對著值星官，趕快立正敬禮。看看自己已經遲到了，暗想：「糟啦！」他準備接受處罰。

「到前面來！」

他趕快握拳跑步站在值星官的面前，不知值星官要以什麼方式處罰他，心裡暗自在嘀咕著。

「昨夜你可唱了不少歌啊？」

「……？」他不知如何回答。全場的弟兄都在為他捏了一把冷汗。但值星官卻絲毫沒有生氣，問大家：

「我們請王正平教抗戰歌曲好不好？」

「好！」大家都一致提高了嗓門，高興得不得了。

王正平一煞時手足無措，不知是答應還是不答應，便站在前面看看大家又看看值得官。

「不要想啦！以後你就是教官。」他拍拍王正平的肩膀，含著微笑。

「我不行呀！排長！」

「不行?!做了軍人，那有不行的！」「行！」排長的一拳打在他的胸脯上，然後就「哈哈」的笑起來。

從此以後，每天夕陽西下，大家在休閒的時間，開始了軍歌教唱。王正平先把歌譜一一寫出來，自己先行練熟，再教大家，果然效果良好。比起「三國戰將勇——」的軍歌來，簡直不能同日而語。

可惜為時不久，為了保衛武漢，經過一次「閱兵集合」，部隊便開往了大別山區去了。

# 八、救亡圖存，重整軍威

「閱兵集合」實際上就是一次「訓練成果」大驗收。數千人集合在一處河邊的大廣場上，也等於一次「誓師大會」。一位身材胖胖的將軍笑容可掬的先聽聽大家唱幾首軍歌；然後象徵性地點點名，便在台上即席訓話。大意是說，我們的國土被蹂躪，同胞被屠殺，日本帝國主義要我們永遠做他們的亡國奴，如今我們從流亡的途中重新站了起來。我們要抵抗鬼子的侵略，齊一心志打回去，收復失土，光復河山！最後他說：

「養兵千日、用在一時，把血戰『喜峰口』（註：長城要隘之一）的精神拿出來，重新保衛大武漢，爭取最後的勝利！」

第二天黎明，部隊就開拔了。許多男女老幼都在村外列隊相送，有的還燒了大桶茶水供應。許多人都被感動得流下淚來……

王正平記得春天時，是在村頭歡送國軍開向台兒莊，如今却成為被人歡送的對象。以前媽媽不僅為部隊燒茶、送水，連爸爸也套上牛車、集合十多輛為軍隊送給養、運子彈……在淚眼中，他彷彿看見了家鄉的父老、爹娘，他深深地被這種歡送的場面所激動！有心想停下來，對他們表達一份謝意，但他所能做到的，只有不斷地搖手，漸漸遠去……。

經過十多天的行軍，他們越過了崇山峻嶺的武勝關、雞公山，進入湖北省的境內。當他們帶著滿身疲憊、路過花園車站時，那裡的房子、車皮、有的還在冒菸，有許多工人還在填補彈坑、修築軌道，來往的車輛滿載著、輜重經由車站的平交道通過、一些被炸壞的軍需品，散落各處。還有些傷兵、擔架、從前線上撤退下來，令人感到戰爭的火藥味越來越濃了！

王正平以前隻身從蘇北經過皖北到達河南，只感到恐懼、飢渴、尋求食物的迫切性。但此次武裝行軍、身負槍枝、兩百發子彈，再加上背包、四枚手榴彈、刺刀、水壺、乾糧……足足有二、三十公斤，越背越重，腳下水泡重重，尤其踏破了的水泡，走在堅硬的山石上，那滋味只有他在小學長瘡、開刀、擠膿的滋味、差可比擬。

長途行軍、雖然規定「十里路一小休息、二十里路一大休息」，但是一休息下來，再開始行軍時，渾身痠痛、便再也不能走動了；但又不能不走。凡是那些不堪行走的、掉了隊的人、不是挨罵、就是挨打、被打的人，還要勉強行走……。王正平慶幸自己是農家子弟，從小就養成了吃苦耐勞的習性。在家鄉淪陷後，又能克服被俘、飢餓的種種險阻、獨行千餘里。這次武裝行軍，咬緊牙關、翻山越嶺，終能隨著部隊、到達了預定的目的地。而下一個目標便是到達大別山區去佈防。

他們落腳的地方是離花園車站只有兩小時路程的上河村。那裡只有三、四十戶人家、幾乎每家前後都有一面池塘，池塘週圍有樹木、花草，水牛泡在水裡，伸出個頭來，安閒極啦！孩子們在附近跑跳追逐，嬉戲，各家炊菸四起。農人們在田裡工作，好像戰爭對他們沒有絲毫的影響，就好像王正平的家鄉，在戰爭以前那樣。儘管日軍已經攻打南京，花園車站已被炸得面目全非，而這裡老百姓又怎能想到武漢外圍的戰火已逐漸逼近了呢？

就在部隊稍事整補的短暫時間，大家忙著補充給養，編製草鞋，最重要的是好好睡個飽，來恢復疲憊已極的體力。當時正好就是一年一度的中秋佳節。特務長真有辦法，也不知從哪兒弄來許多「月餅」，並且邀來了當地的村長、保、甲長來與大家舉杯掌月，吃「月餅」；可惜的是，「月餅餡」却是地瓜做成的。有些人在咬了第一口後就嚷著：「有月餅的樣子，而沒有月餅的味道。」

但連長却說：「這是戰地嘛，能吃到月餅已經不錯了！」

當時，真正是「月明星稀」，大家舉杯賞月，還有「小雞燉南瓜」佐餐。百多人聚集在一起，再也沒有在操場上那種「立正」、「稍息」、「兩腳分開四十五度」、「兩手中指貼於褲縫」的「一板一眼」和「大呼小叫」的嚴肅性。為了提高戰鬥精神、活潑氣氛，帶隊官特別叫王正平站出來，帶動大家唱了幾首歌曲。

他也欣然從命，先試試喉嚨，自己先哼了一小段，才帶著大家唱了起來。

第一首唱的是「淡淡江南月」，大家正為保衛武漢而上前線，又是「浩月當空」。弟兄們酒足「餅」飽，唱起來特別有勁，一聲「淡淡江南月、照著微波蕩漾……」正好前面就是池塘、月光從池子裡反映到每個人的臉上，老早把「今夕何處」也給忘了、就好像上河村的村民，就是自己的父老兄弟，接著唱出「綠柳依依、溶溶江南月，像嬌嗔的愛人，緊鎖雙眉，啊！祖國，我的母親、你的兒女們，安息在你的懷裡……」大家都熱淚盈眶，把自己完全融入於歌詞裡，唱到「……你的兒女們，遍體染了鮮血，我們抵抗、抵抗、抵抗、抵抗強暴的欺凌，啊！祖國，我的母親，你的兒女們，要貢獻生命給你。」大家一聲比一聲高亢，一聲比一聲激烈、緊迫、歌聲響澈雲霄……全體軍民都振奮得不得了！

最後一個是輕快激昂的「游擊隊」歌：

「我們都是神鎗手，每一個子彈消滅一個敵人頭……在那高高的山崗上，有我們無數的好兄弟，沒有吃、沒有穿，自有那敵人送上前。沒有鎗、沒有砲，敵人給我們造。我們生長在這裡，每一寸土地都是自己的，無論誰要強佔去，我們就和他拚到底！」

歌聲未已，熱烈掌聲已經響成一片。村長情不自禁地走到王正平面前，拍拍肩膀：「小兄弟，歌聲好，詞句更好，我們永遠不會忘記這次中秋之後……謝謝、謝謝……。」

王正平一面擦淚、一面擦汗，他連一句話也說不出來了，只是忙著點頭。

第二天，大家精神百倍。水壺、飯包都裝滿了、喝足了，村民們站成兩排、擺手互道「再見！再見！……」隊伍越去越遠，村民們又送到村外，小小的手，還在搖揽著，搖揽著……他們怎麼會曉得弟兄們的心窩裡酸酸地，比哭了還要難受。

天空大亮了，高聳入雲的山峰背面，却是青黛如墨，有一層薄霧朦朦朧朧地掩蓋著遠近，好像附近的山林、村落還沒有完全醒來。除了大家的腳步聲和刺刀鞘撞擊著水壺所發出有節奏的「叮噹！叮噹！」聲之外，反而感到曠野裡一片寧靜。三三兩兩的烏鴉安詳的從頭上飛過，也不知他們要飛向何處？

道路引導著大家走下土坡、越過山林、跨過小河，有時就在樹蔭下歇歇腳，把槍架起來、脫下沉重的子彈、喝口水、擦擦汗，互相打聽著：「下一站是哪裡？」、「好久才能到達？」「什麼時候用早餐？」「午餐在哪裡用？」「天這樣好，鬼子的飛機會不會來？」……「這都不關你們的事，」連長的三角眼出奇的溫和，手裡拿著一根皮鞭子向左手敲著玩：「下一站我都不知在哪裡——到了就到了，不到嘛、再走。嘿、嘿！吃飯的時候你、我都知道；每天早、晚都是那個時候。不過，行軍的吃飯，總要找個適當的地點。比方說，有樹林的地方，在河旁邊也可以。」他忽然問大家：

「你們是不是都餓了？」

有的人笑了。有的說：「不餓。」有的說：「有一點點餓。」也有人反問：

「連長餓不餓？」

「這很簡單，」他告訴大家：「每個人身上至少都有三四天的乾糧，餓了就吃嘛。」

大家不擔心「吃」，倒是擔心水壺。每次不敢多喝水——只喝一點點潤潤喉嚨，唯恐一下子把水喝光了，無法補充，口渴時那就慘了。不過在路過有井的村莊或有河水的地方，大家便「咕嚕咕嚕」地牛飲起來；先把水壺的水喝個精光，再喝河裡或井裡的水，把肚子漲飽了、再灌一壺水，背在身上，留著行軍渴了時再喝。大家把「水」看成「仙丹」、比飯要重要多了。

本來是「過了中秋遍地黃」的天氣，應該是轉涼了。可是，白天還那麼熱！熱得汗流浹背，熱得令人發暈、氣喘，真是標準的「秋老虎」天氣！

王正平在徐州求學時代，就讀過湖北的地理「大別山環繞于鄂省東北部。」如今，身臨其境，大有「登泰山以小天下」之勢。而且峰峰相連，山山不絕，翻了一山又一山。山勢高聳入雲不用說，而且十分陡峭，一如壁立，要想翻過山去、須靠一條由上吊下的繩索和不知名的葛籐、小樹，與其說是「爬坡」不如說明「爬牆」來得恰當些。

上級說這是「好漢坡」、能爬上陡坡的人才算「好漢」。本來有一條蜿蜒上山的汽車路，不須大家「爬坡」的，可是路途相較，要遠了十倍，如果爬「好漢坡」可以當「好漢」，只要咬緊牙關往上爬，就可以縮短十倍的路程，時間上也可以節省許多。

連長說：「大家只知道鬼子是我們的敵人，可是還有許多有形、無形的敵人，你不克服它，它就把你打敗了。譬如這『好漢坡』就是，大家怕不怕呢？」

「不怕！」大家齊聲高呼，不料，「不怕！不怕……」的回聲在群山裡傳了出去。

「不怕、就爬！」連長身先士卒、排長隨後，一面拉住繩索、一面踩著前人踏過的足跡，一步一步地往上爬，顯得十分輕快。但是全付武裝、身背槍枝、彈藥、軍毯、刺刀、水壺、飯包，外加乾糧、十字鎬的弟兄來說，簡直如同蝸牛爬樹那樣遲緩、費力！每爬上一步山坡，便要咬緊牙關，繃緊嘴唇，皺緊了眉頭，忍受汗珠子成串地往脖子裡鑽，其艱苦真非筆墨可以形容。有人說：

「我寧願跟鬼子肉搏一場！也不爬這『好漢坡』。它實在比敵人還難克服！」

「對呀！克服了『好漢坡』，就不難打敗鬼子了！」

於是，在連長的帶頭下，弟兄們一面喊著：「前進！前進！」「爬坡！爬坡！」「哎喲！哎喲！」一面一分一秒地發揮了忍耐、和決心的毅力。終於先後爬過了「好漢坡」，雖然有的人氣喘吁吁，有的人甚至手也流血了！但終於經過一場嚴格的考驗，順利突破難關。

連長豎起了大拇指，拍著每個人的肩膀說：「好小子，你們先打勝了第一仗，以後就再也沒有被難倒的事了！」

果然不錯，以後的爬山、涉水、白天、夜晚，走遍了黃安、麻城、七里坪、宣化店……的大小城市和鄉鎮的道路，再也沒有人感到困難了。

在不斷的「調防」又「調防」的命令下，在幾個月內弟兄們的足跡幾乎走遍了大別山區的每個地方。凡經過的村莊，大多是一片敗瓦頹垣，好像被澈底洗劫過一般。起初大家以為這是被日軍蹂躪過，後來才知道那是「紅軍」的「傑作」。凡是當地的「大地主」或有聲望的仕紳，都被「整肅」過，事隔十年上下，鄉村裡還沒有恢復舊觀。而如今日本鬼子大軍壓境，看樣子一場更大的浩劫，又將無法避免的了。

在行軍過程中，敵人的砲聲首天邊的滾雷聲，往往令人無法分辨。往往披星戴月剛剛停下來正在用餐、或者正要抱點乾柴打地舖，便在一聲「開拔」的命下，立刻「摸黑」重新持槍、披上子彈帶、捲起毯子、清點人數完畢就出發了。不管當時是飢渴如焚，或是睡意正濃，也立刻要走！大有「風聲鶴戾、草木皆兵」之勢！不少人是閉著眼睛走路的，只要聽著前面刺刀碰著水壺所發出的「叮噹！叮噹」的那種有節奏的聲音，便一任瞌睡蟲的擺佈了。

彷彿腦子裡盡是黏黏的「漿糊」，充滿了濃濃的、稠稠的下意識的睡意，而一旦「叮噹」之聲消失了，隨之便是額頭碰著前面的後腦勺、「碰」的一聲把人驚醒，這才知道隊伍暫時停止前進。究竟為什麼會停下來？誰也不曉得。如果前一伍是把步槍跨在背後、被後一伍碰著的話，當時也許只能「哎喲」一聲便什麼都忘了。第二天醒來時，摸摸前額有個疱，還不知是怎麼回事呢？

有人在路旁小便完畢、繼續走，突然發覺「叮噹、叮噹」之後，來自背後，藉著星光看看前面沒有人，「人呢？」這才正式恢復知覺，而嚇了一身冷汗。然後再繼續走回隊伍裡去。

上級恐怕黑夜行軍會發生意外事件，便每隔幾分鐘就從前面往後傳說：「當心腳下有個石頭！」「當心腳下有個坑！」「前方情況不明、握緊刺刀，不要出聲！」……。

有時，連長問到後面幾個人？有的說是「要當心」、「要留意」，有的竟然張口結舌答不出來，因為他們當時根本沒聽清楚前面是傳了什麼話。

「看看你們這些糊塗蛋！」連長又氣、又擔心、又不能發脾氣，只好問：「還沒有睡醒，是不是？」

直到部隊走到了防地，正式接了防，才算暫時安頓下來。雖然不再疲勞行軍了，但是接著就是一些加強工事，修補戰壕、交通溝、擦槍、編製草鞋、縫洗衣褲……的一大堆零碎事情，每個人還是閒不下來，無法休息。

以前大家分不清雷聲和砲聲，如今連「格，格，格……」的機槍聲，都隱約可聞了。最顯著的跡象是，從山上鳥瞰下面的南北公路上，像甲蟲似的車輛、螞蟻般的隊伍，從北向南撤退下來。有的步行，有的乘擔架，有的挑著黑色的鍋灶……上邊雖還沒有通知大家「準備作戰」，但每個人的心裡這時已經有個「數」了。

在陣地的部署上，大多數已經進入預定的工事；少部份的留在附近的村落或草舍休息，以備接班。到了夜晚，派出三兩人，由正、副目率領到陣前作「斥堠」，以偵察有無異狀。

以前日機都是高度掠過天空，飛向西南的方向，如今老是在大別山區盤旋，有時降低了高度，投下若干燒夷彈，看看某些目標，是否有「不尋常」的反映，由這些徵候看來，都意味著大戰有一觸即發之勢。

可是說也奇怪，此刻大家非但沒有戰爭的恐懼，反而感到這是自入伍以後，最安閒、最舒適的日子。因為這時既不要出操，也不要拚命地行軍，只須吃吃喝喝，到戰溝裡、準備扣「扳機」，等著鬼子來送死就可以了。

連長以上的營、團長，他們平常都是難得一見的，如今也經常出現了。他們到各處看看大家、有沒有賭「天九」的？但即使見到也沒有罵人，反而叫大家「不要把褲子輸掉了！」有時也到最高或較遠的陣地，以望遠鏡觀察敵情……。

「陣中軍律」本來在游河訓練時，已經講授完畢、而且每個人都背誦得「滾瓜爛熟」了。如今又在各班、排發起比賽，看誰背得最熟練，最沒有錯。

「竹桿」你背背看：「副目戰死，誰來代理？」

「上等兵！」

「竹查」是上等兵——小張的渾名。凡是連上一些比較活躍或有特色的份子，差不多都有一個別名，像什麼「小白臉」、「狗熊」、「矮冬瓜」、「禿子」、「痲子」等等，叫起來，不但順口，而且比以前受訓時更有親切感，因此，也就把「戰鬥即將來臨」的緊張的氣氛給沖淡了不少。

逢到上級一抽考「陣中軍隊」的條交，有些人便都毫無禁忌地背出來：「團長戰死營長代、營長戰死連長代、『小白臉』戰死『狗熊』代？『矮冬瓜』死了、『禿子』代、『禿子』死了『麻子』代、『麻子』死了——」

「噯、噯，真是狗嘴裡長不出象牙來——怎麼老是死呀，死的，多不吉利呀！」有人提出了抗議。

大家你一言，我一語，工事裡充滿了嬉鬧的笑聲。不過也有少數憋著滿肚心事的人，老是在蒙頭大家或直楞楞地一語不發，好像跟任何人都不對勁。如果有人不「識相」，去向他「調侃」兩句的話，他馬上像個「炸彈」似地罵回來：「我操你八代祖先！看我先斃了你！」而且還真的拉開了槍門，如果不是別人拉住，說不定真的會鬧出人命來！

「噯，噯，」沈排長見到這個情形，連忙加以勸阻：「大家都是好兄弟，可別找錯了對象啊！有種就對敵人去發狠吧！」

對方本來還有許多話要說的，一看沈排長在打圓場、而且一臉笑意，帶有半真、半假的味道，也就不好再說什麼了。緊張的氣氛也就消失大半。

# 九、天搖地動，報國的時候到了！

「咚──嘶、嘶、嘶──！」一顆砲彈，忽然在陣地左前方五十公尺處爆炸了，硝菸升起，大家應聲就跳進掩體裡，被炸的砂石，紛紛在附近墜落。掩體內的伙伴好像被重重地彈了一下，掩體牆的砂石，也在「沙沙」作響……。

許多人立刻把平時訓練的「成果」拿出來，作了應戰的準備──持槍、散開、拉開槍膛、推上子彈、各就各位……。

「別緊張，別緊張……」沈排長眼睛細細地，還是那付玩世不恭的樣子告訴大家：「這才是『開場鑼』，『正戲』還在後頭哩。『骰子』可以不擲，『天九牌』可以不打，但情緒不可以緊張，隨便點，隨便點……」他一面說，一面側著身子擠到每一個崗位上，摸摸弟兄們的頭，拍拍「矮冬瓜」的肩膀，把「痲子」的搶扶正……。

「喂，王正平，你有什麼心事？」

「什麼心事都沒有。」

「怕嗎？」

「我說『不怕』你相信嗎？」王正平看他笑了：「怕也罷，不怕也罷，人在陣地，就沒有什麼可談的。如果鬼子打過來，殺一個夠本，殺兩個就賺一個。」

「好，好。以前別人替你保衛家鄉，現在你替人家抵抗敵人。好，好……。」

太陽已經平西了，空氣涼爽了許多。分分秒秒的時間，都在緊張、苦澀中度過。

「媽的，鬼子的『正戲』呢？」

「你想早死？」

「放屁！子彈沒長眼睛，鬼子不怕送死，我還對他們客氣嗎？」

「等，等，等……等得人好心焦！要幹，大家就好好幹一場！他媽的——」

「好『戲』在後頭，不要急。」正目的金牙總是閃亮的。他像演戲似地比劃著，又像自言自語：「喏，站著這麼高，睡倒這麼長，你們看看下面，還有許多人上前線——」

大家居高臨下，左手山腳下就是通往宣化店的公路，正前方就是坡，那裡有塊大石頭、那裡有棟小樹、那裡有塊高地、那裡有個較好的「依托」作射擊用、敵人可能從那個方向、那個地點攻上來、那個目標的距離有多少公尺，都一一計算出來了……正目好像有點神經質似地一說再說，有時人家正在談論家鄉的故事，或自己的「艷遇」，在加油、添醋，說得口沫紛飛時，他竟不知趣地，提醒大家「這些目標可要牢牢記住啊！」

「是的，正目，」有人故意調侃他：「至少你妹妹這個『目標』，我是不會忘記的。」

「別作大頭夢了，我妹妹能看上你這個『禿驢』？那才是活見鬼哩。」
「那可說不定啊！因為『禿子』沒長毛，可又光、又滑、又『硬』啊！」
「哈，哈，哈……」
等到正目自知不敵，訕訕地走開了，又被別人嘰嘰咕咕了好半天：
「以前好神氣、好霸道啊！媽的，我有時『前門』忘『關』了，綁腿沒打好，好像『操』了他的屁股似地——」
「媽的，神經病！」
「喂，喂，他好像走夜路，叫自己不要怕鬼哩！」
「他老問別人怕不怕？如果剛才再開幾砲，說不定解大便就不要脫褲子哩！」
「喂，喂……」「竹桿」突然笑起來：「你們留意了沒有？」
「什麼事？」
「正目的『前門』濕了一大片！」
「別他媽『砍空』了！」禿子不屑一顧地撇撇嘴。
「誰要說『瞎說』，就是你的『小舅子』！」
「我，我，我——沒有這份『福氣』——不要亂扯好不好？」戰溝裡又揚起一陣嬉謔聲。
黑夜逐漸來臨，遠近彷彿有什麼鬼魅在活動。蟋蟀、草蟲的鳴叫聲，隨著山風的吹送，時近時遠、時高時低。「隆隆」的砲聲從群山後面傳來，連山峰都感到它震撼的威力。火光閃耀著天邊，如同徐州淪陷前的夜景，又像爭奪台兒庄的夜戰……

看樣子戰爭似乎燃燒到河南的東南部，與它接壤的大別山區，目前已經戰雲密佈，大戰是迫在眉捷了。

王正平依偎著「漢陽造」，抬頭仰望，滿天星斗，「天河」南北向，燦爛閃爍，與童年所見的情景，並無二致。「天河」南端，有姜子牙釣魚，「天河」兩岸，有牛郎、織女星座。牛郎前後，有金童、玉女牽伴著，編織了多少綺麗的夢！多少甜蜜的回憶！「杓子星」倒掛在西北天邊，而「耙子星」就在童年的屋脊上，編織成「杓子星、耙子星，一連說七遍，到老不腰疼……」的童謠，千唱萬唱也唱不疲倦的！而且引發了無盡的遐思，如詩、如畫、如履仙境……如今這些夢幻，已被無情的槍、砲聲，都一一粉碎了！

如今所唱的是「……自從鬼子來，百姓遭了殃，姦淫燒殺一片淒涼，扶老携幼四處逃亡……」和「……山色蒼蒼，白雲依戀在群山的懷裡，我却望不見故鄉，血沸胸膛，仇恨難忘，願祖國的同胞，團結一致，莫讓敵人佔我鄉邦……」

間歇性的砲聲隨著黎明的來臨逐漸停止了。上級一再交代的「謹防日軍的拂曉進攻」。實際上，大家一夜都沒有絲毫鬆懈戰備。一小隊一小隊的斥堠，不斷在陣前作警戒性的搜索，也沒有特殊情況發生，令人白等了一整夜。

太陽從山後出來了，彩霞滿天，薄霧在一腰裡逐漸散去。遠近的山石、林木、村落，重現眼底。這一片大好江山即將淪為戰場，王正平握緊了「漢陽造」。想想家鄉和流亡的道上，都是遼闊的平原，易攻難守，而這大別山區裡正好相反——易守難攻，只要鬼子們膽敢來犯，大家就決心和鬼子拚個你死我活了。

他突然感到眼睛火熱、口腔乾燥，好想在小河裡泡泡，他看看其餘的弟兄，有的前仰後合在打盹；有的背靠著溝牆、張著大嘴在睡覺；有的更以各種不同的姿態熟睡在戰溝裡，以致酣聲四起。連金牙、三角臉的正、副目，都沒有例外。直到換班的另一批人過來，把大家喊醒：

「起來！起來！……稀飯來了！」

「燒雞又爛又香，動作慢的人，可就沒得吃的喲……」

換班完畢，回到山腳下的「小沙河村」，大家不約而同地，不是跳到小河裡泡一泡，而是洗把臉，以手帕作牙刷把嘴巴搓一搓，立刻在農家的草舖上倒頭便睡，不一會功夫，便打起呼嚕來……。

「嗨！嗨！不對勁唷，聽！聽！」

「嗡……」的飛機聲，由遠而近，由小而大，簡直已經飛臨頭頂。

「這不是玩的！」矮冬瓜第一個爬起來，向外跑，一面告訴大家：「趕快躲開！」

許多人果然都從夢中醒來，有的人很自然地跟著。矮冬瓜跑了一半，就被正目大呵一聲：

「站住！想死是不是？」

大家都楞住了。

「回來！回來！……」

矮冬瓜和幾個跑出去的人果然都回來了。

就在大家茫然不知所措的當兒，突然「嘶——嘶——」的懾人心魂的聲音凌空而降，大家直覺地是就地臥倒，摀住了耳朵，閉起了眼睛。看樣子，是死是活只有悉聽老天爺的安排了。

「咚！咚！咚……」

炸彈像冰雹似地在各地陸續爆炸，一時好像地震似地，山搖屋動，掛在牆上的物件紛紛落地，到處都有「唏哩嘩啦」的撞擊聲。

爆炸聲延續了十幾秒鐘，大家才睜了眼，彼此看了看，都還活著，沒有一個受傷的。只是把屋子頂上燻黑了的灰塵震下來不少，把大家弄得滿頭、滿臉，好像煤礦工剛剛走出了洞口那樣狼狽。

飛機群的響聲逐漸遠離了，大家走出了房子，互問：

「哪裡被炸了！哪裡被炸了！……」

就在大家人亂、心亂、惶恐不安的時候，「咚！咚！……」的砲聲又起，呼嘯而來。

「就地散開！」正目大叫著：「躲進掩體裡！」

掩體在哪裡？能不能有足夠的時間去尋找？誰也沒有想，倒是隨機應變，立即散開，便各自倒臥在自己選定的地點，又一次等待著命運的擺弄。

「轟！轟！……」的砲彈就像夏天的雷暴雨，挾著強風由遠而近，由近而遠，成排地轟擊著，然後又從右面轟到左面。活像幼年時，大家傾盆激起的水泡，大雨「走」了，水泡瞬即消失了。

大砲群足足轟擊了一頓飯的功夫，才漸漸稀落下來，然後便是「格格格……格格格……」的機槍聲大作，就像過年燃放的鞭炮聲……。

「呀！不對勁呀……」

大家又「活」了，弟兄們持著槍，從各方集攏來，一面拍打著身上的灰塵，一面把頭、手上的黑條、黑塵擦去；不擦則已，這一擦，個個變成非洲人。如果是平時，大家一定互相大開玩笑的，可是如今，每個人都繃緊了臉，有人渾身直哆嗦，有人把槍交給另一伍，連「拉屎」還沒有說出來，就提住褲子跑往了。

「他娘的，真孬種！」

「罵他幹什麼？」

「連他娘的屎、尿都嚇出來了，沒出息！呸！」矮冬瓜吐了一口唾沫。

王正平沒開腔，本來他想解釋一下的。但正目却心平氣和告訴大家：

「要來的終於來臨了！大家怕不怕？」

「不怕！」大家很自然地脫口而出，使全體一下子又游河受訓的精神給顯示出來。但是也很驚奇，好像「不怕」二字不是從自己口裡喊出來的那樣，可是弟兄們個個都很振奮：

「有種的現在衝上去！」

「噯，噯……」正目告訴大家：「先清點人數？有沒有傷亡？」

周副目清查以後，又到外面看看別的班、排，除了有幾位被磚瓦砸破了表皮以外，并沒有其他不幸的事件。但在第一線的弟兄有沒有傷亡，還不得而知。

「敵人轟炸了陣地，指示了目標，再用排砲轟，」正目鄭重告訴全體：「轟過了之後，再用機槍支援，他們正是向我們送死來了！我們要聽候命令，不能輕舉妄動，現在先檢查自己的『傢伙』和彈藥包，以及其他裝備。」他特別強調「陣中軍律」的重要性：「如有不聽指揮，違反命令，臨陣逃亡，連我在內，可別責上級不認人——會隨時『格殺勿論』啊！不過，你要是勇敢作戰，奪回了鬼子的槍砲，活捉了日本鬼子，再不然帶回他們的耳朵、鼻子，也會論功行賞的！聽到嗎？」

「聽到啦！」

「有沒有種？」

「有種！」大家齊聲呼叫。

正目點頭，笑了。儘管各種槍砲聲大作，「吱！吱！……」的子彈聲，從空中緊密的穿過，但正目總是力持鎮靜，把話說完。

正目出去了，周副目看著大家回到室內收拾物件，有的坐在院子裡擦槍，有的若有所思地在吸菸，有的擠在一起互相議論、預測可能發生的情況，心裡先作個打算，徵詢對方的意見。

「王正平，你怎麼樣？」

「喏，我不是在喝水嗎？」他把水壺從嘴上拿下來，用袖子抹抹嘴，把水壺遞給副目：「喝口水吧！」

副目擺擺手：「我是說，這一陣子的砲火，頭上的子彈橫飛，你能不擔心？」

「啊！這有什麼好擔心的。」王正平把壺蓋扭好，把水壺放在套子裡。便說：「大家的命運都一樣。鬼子敢來侵略，不怕死，我們為了保衛自己，還怕什麼呢？怕與不怕，反正都是一樣的，現在只等著命令啦。」

大家正在談論著，突然出現一位滿臉皺紋的老先生，大約五十來歲，一身農人的打扮，急得滿臉的汗水，後面跟著一位兩鬢飛霜的老太太，看樣子是一對老伴。

「先生，你找哪一位？」副目問他。

「我是這房子的主人，剛才一陣轟炸，不知房子有沒有損失，特回來看看——」

「這位老太太是——？」

老先生還沒有回答，她就急急忙忙進入正房，一面以焦急眼神在搜尋些什麼。

「噯……妳是誰？」

「出去！出去！」有些弟兄已經不耐煩了，而且正房裡都是軍械、彈藥什麼的。老人一句話都沒有說，便東張西望，根本就沒有把大家放在眼裡。

「老太太，妳要找什麼？」王正平也不耐了。

她似乎沒聽見，還在繼續尋找，又急急忙忙轉入側房、廚房，急得她滿頭大汗，終於自言自語的：

「小黃，我的小黃呢？」

山頂上的槍砲聲激烈無比，大家的心情都很緊張，說不定下一分鐘就要接戰，誰還管得了別的！

「誰是小黃？」副目隨著老先生，一面問他。

「是條看家的小狗！」老先生補充著：「我們已經搬走了，小黃硬是不走——」

「我的小黃呢？」老太太提高了嗓門，喊叫聲簡直比哭聲還要令人發毛——好像寡婦死了獨生子那樣絕望、慘，等到她遍尋無著，竟坐在門檻外面，搦著腳顛，擤一把、淚一把地哭了起來：

「我的小黃呀！臨走時，我就叫你跟著大家一塊暫時躲躲，可是你轉了兩圈又回來……

唉呀！人的命都保不住了，我的小黃呀！我的乖乖呀！你還要個家幹啊！哎喲喲……我的小黃呀！好可憐喲！日本鬼子，你們可不能炸死牠喲……」她一面擤著鼻涕，對老先生的一再勸阻，她似乎沒有任何反應，還是歇斯底里地哭訴著：「炸死了，我要跟你們拚命啊……」

「集合！集合！」沈排長和吳正目都回來了，他們也不理會這對夫婦的哭叫，逕自下達命令：「前面吃緊，我們快上去！」

大家聽到排長的命令，連忙集合起來。

「前進時，大家散開！不見敵人、沒有命令，都不要亂放空槍。我們要一顆子彈，消滅一個敵人，平時唱的、學的，都要用上了……」排長繼續告誡大家，然後問道：

「大家聽到了沒有？」

「聽到了！」

「記住沒有？」

「記住了！」

沈排長很高興，平時吼慣了，在槍林彈雨中，還是照吼如常，沒有一點恐懼的樣子。

大家心裡有數，沈排長自稱「身經百戰」，他常自誇在「七七」事變以前，他就有跟鬼子打過交道的經驗，說著說著就生起氣來：「媽的！我以為他們（鬼子）是金鐘罩，鐵布衫哩！在喜峰口一碰頭，誰知他們也是血肉之軀，腦袋瓜碰上我的大刀片，比脆瓜還要脆。」

這種近乎吹牛的誇大其詞，百說不厭的老話，沈排長一張口，弟兄們就替他背出來了，他還是唾沫橫飛、津津樂道。不過此時他雖然表現得那麼鎮定，但是看他嚴肅表情，抖顫的雙手，儘管嘴巴硬，心裡能沒有個「怕」字，又有誰能相信呢？

當部隊通過了村子巷道，大家心裡就有「數」了！受傷的人正在接受醫護人員的處理，有些傷兵被擔架送了回來，有些人是被人攙扶著下山，每個人都在呻吟著，他們裹著刺眼的綳帶，浸著鮮紅的血……。

帶著呼嘯尾巴的砲彈，在戰線後面爆炸，此起彼落的砂石，到處都在「嘶——轟！嘶——轟！」地冒起一堆堆硝煙，彈坑不大，威力不小。有人把耳朵摀著，皺著眉頭，有的左手持槍，弓著身子前進，有人就乾脆匍匐在地，一寸一寸地往前爬。爬到彈坑裡，埋下頭，休息一下，再跳出來往前衝一陣再趴下。整個山坡上，都是蠕動的身軀，那些運氣好的，已經找到了彎彎曲曲的「交通壕」。「交通壕」有深有淺；淺的地方下面有大石，挖不動，就搬些石塊，砌成一堵象徵性的「牆」，讓人穿過去，躲在深溝裡弓著腰桿前進。

大家逐漸進入橫面的陣地，向前瞭望，卻不見人影，這才發覺槍砲聲好像停止了，偶而有顆迫擊砲彈掠空而過，落在屁股後面，反而覺得太「單調」了。

「人呢？怎麼都不見了？」

「是死光了？還是退回去了？」

「喏！」矮冬瓜指著右前方：「你們看，鬼子！鬼子！」

右前方大約三、四百公尺處，有兩塊大石頭，附近有些山蒺藜，還有些綠色的偽裝網，他們就躲在窺探。

「還有不少的鬼子哩！」王正平指著陣地前的扇面山坡下，有的已經築成單人掩體，凡是能利用的凹凸地形、地物，都被利用上了。

「怎麼就賴在那兒？」竹桿也不甘沉默，手裡握緊了槍身，一下擦擦手汗，一下摸鼻子，有點緊張兮兮地：「要嘛，就攻上來大家較量較量。要嘛，就退下去休息休息。」

「你看他們能退嗎？」矮冬瓜反而問他：「他們敢退嗎？」

「怎麼不敢退？」竹桿楞楞地，頭也沒有回。

「你看看咱們的陣地？」

隨著彎彎曲的陣地，每個人的槍枝、機槍陣地，都把槍口瞄準了鬼子，只是沒有上刺刀。

「嗡嗡……」的飛機聲由遠而近，三架一組，一共有九架，成「品」字形，由東面飛來！

「轟炸機！轟炸機！」竹桿緊張起來。

「不准動！」正目立刻下令：「飛機高度沒有降低，隊形沒有散開，大概不會丟炸彈。」

大家睜大了眼睛，屏息以待。只有機關槍的槍口豎立了起來，隨著日機的來去而移動，最後飛機飛遠了，機槍恢復了原來的位置。大家也長長地舒了一口氣。

不過，日軍的重機機，總是若有若無地點射著：

「噠，噠，噠——噠，噠，噠——」，劃破了長空，究竟是警告？還是提醒大家？是試槍？還是抗射？誰也搞不清楚。

「我們的迫擊砲怎麼不給他們點顏色看看？」矮冬瓜老是一副躍躍欲欲的猴急樣兒。

「快運來啦！」副目在回答。不知是安慰大家？給大家一個希望？還是真的。

王正平不開腔，但是心裡有數。徐州會戰前夕，他是老早領略過了，那些大大小小的大砲，火車運的，四匹馬拉的、手推的，早在「台兒庄」大戰以前，日夜不停的運到了。哪有前線接上火，大砲還沒有運到的道理。

「光看到『膏藥』牌的飛機，就是看不到自己的！」

「如果，能在此地上空看到飛機大戰——就像去年『八一四』在杭州那一戰一樣，那才叫過癮哩，這樣老子就是死了也甘心。」

「矮冬瓜，別他媽老是『死』呀死的！就是鬼子死光了我也不願死——」

「竹桿，你要有種咱們到對面弄幾個耳朵、煮熟了，咱們一塊下酒，怎麼樣？」

「什麼時候？」

「當然是下半夜。」

「你吹牛！」

「吹牛是這個——」矮冬瓜伸出右手，作烏龜狀。
「媽的，大話人人會說，弄不好，人家也會把送上門的耳朵下酒的。」
「好啦！好啦！不說話，人家也不會把你當成啞巴的，呃！」
這下痲子一瞪眼，戰壕裡立刻沉默下去，只有幾隻蒼蠅在別人臉上、手上飛來飛去，攆走了又飛了回來，戰爭對牠們絲毫沒有影響，總是那麼頑強而又滿不在乎地令人討厭。好像故意逗著大家：「看你們荷槍實彈的樣子，又能豈耐我何？」
太陽偏西了，風吹來有陣陣的涼意，鬼子的機槍點射，大家把它比作蒼蠅。
「他媽的，」矮冬瓜忍不住了：「這像作戰嗎？——要死要活，大家痛痛快快幹一場，就像早上的攻守一樣。」
「你急什麼！」痲子好討厭矮冬瓜：「鬼子既然來了，先演一段『開鑼戲』，精彩的還在後頭哩！」
矮冬瓜像個蒼蠅似地，一下去小便，一下去「借火」抽菸，一下打聽早晨的戰況，回來笑了：
「難怪鬼子不來進攻——原來他們早上吃了苦頭！哼！小子們！以為飛機炸、大砲轟了以後，就可以撿個現成的陣地哩！」
「他們死傷很重吧？」竹桿伸長脖子。

「那還用問！他們活得不耐煩了，前來找死、送死，那還有什麼客氣呢！喏！你看看——」

「看什麼？」

「石頭後面不是又有個傷兵，被抬了下去！」

「真的！」大家的眼光都一齊望過去，簡直要鼓掌叫好。

「好啦，好啦……」沈排長從人縫走了過來：「人家也是血肉之軀，有爹有娘的——」

「噯，噯……」矮冬瓜總是反應最快的人。他不以為然地說：「哪個人不是血肉之軀？誰又不是爹、娘養的？早上你是親眼看到的，我們有好多弟兄受了傷？流了好多血？這個『賬』又是怎麼個算法？」

「吆！」沈排長向他凝視了一下，頗感意外地，伸出了大拇指：「好！你說得有理。」便走開了。

# 十、戰爭使人成長、堅強

等待的時光過得特別慢，一分一秒的時間都覺得是一種煎熬。人的情緒由緊張、恐懼、焦急、感嘆，變得好像飄浮在大海中的小船那樣徬徨、無助，誰也不曉得下一個時辰是什麼？白天熱晚上冷，外加一層恐懼，就好像陣前面那些躲在地形、地物後面的鬼子，隨時會摸上來似的！山巒後面那麼亮，是燃燒的火光，抑是待升的月亮？誰也無心去分辨。對「隆隆」的砲聲，大家不但已失去了那份「新鮮感」，也沒有了當初的「威力感」和恐怖感。如果有一段時間沒有聽到砲聲，反而覺得「怪怪」地。

長久的緊張，人會感到痲痺的，對飲食也缺乏了胃口，衣服又髒又臭，吹乾了的汗水，濕透了又弄乾；身上的泥土，也懶得拍打。渾身奇癢，不知是有螞蟻、跳蚤在身上作祟或被小蟲狠狠地咬了一口「拍」的一聲，不知是被打死了或是攆跑了，那是下意識的自然反應，不少人都介乎半知覺、半瞌睡的狀態中……。

黎明的槍砲聲把大家驚醒。激戰的地方却是陣地的左翼相距是另一個山頭。日軍的飛機一架架從高空俯衝下來「格，格，格……」地掃射、投彈，陣地上激起陣陣硝菸，而且一直延伸。「隆隆」的爆炸聲，總是延後十多秒鍾才傳過來。由于山窩裡的迴聲激盪，好像廣大的山區，都在槍砲射擊、爆炸中。山搖地動，大家都握緊了槍把，靜等著上級的命令。

隨著太陽的升起，另一批日機，接著前一批剛剛脫離戰場的日機，又臨空轟炸，數不清的小黑點，像狂風暴雨般地投下來。只聽得「嘶，嘶，嘶——」落彈聲，接著便是「轟，轟，轟」的爆炸聲，似乎就發生在附近，掀起的大量砂石、塵土，一股腦地蓋下來。這批日機剛剛掠過，遍地又響起大小砲彈的爆炸聲，數十挺敵方的輕、重機槍射出的子彈群，也像驟雨般地從帽子上、耳朵旁邊穿過。有的子彈就打在戰壕的掩體上，像撒豆般地到處跳動，又像看不見的地老鼠，到處亂竄，簡直不知如何招架，大伙連頭帶身子都儘量壓低——恨不能有個地洞鑽進去……

「來啦！來啦！」

「鬼子都來啦！看，看——」

「開火！」

正面敵人的機槍聲消失了，却聽到瘋狂的吶喊聲，沈排長適時下達開火的命令。大家都看清了各個地形地物後的鬼子，就像蝗蟲似地漫山遍野而來，有一些像膏藥的太陽旗衝在最前面。

「好傢伙，這次是真的了！」矮冬瓜一面開火，一面高叫著：「打死這些王八蛋！」

大家隨著的聲令下，無數的槍枝，終於吐著火舌，交織成一片火網，「噠、噠……」的機槍群，攔住了鬼子的去路，他們像下「水餃」似地紛紛倒在地上……。

王正平的眼睛真要冒出火來，他以無比的鎮靜、心裡誦著：「每一個字彈消滅一個敵人頭」可惜老是忙于「上膛」、「扣扳機」、「退膛」……一次只能擊發一顆子彈；如果能夠連發，那才「過癮」呢！他恨自己手上拿的為什麼不是一挺機槍。

他看到一面太陽旗在他面前不遠突然倒了下去！他像中了頭彩似地，暗自歡喜；也像吃了一顆「定心丸」。他想，如果再撂倒一些就是「賺」的了。

多少年來受盡了鬼子的侮辱、欺負；更曾不幸被俘，險些與被俘的國軍同歸于盡。如今能有機會，給他們來個血債血還，總算出了一口悶氣。

敵人攻上來，弟兄們就把他們打回去，陣地前面一箭之遙，倒下了不少敵人，有些受傷的卻又被他們拖了回去。如此攻攻退退，還沒到晌午，鬼子們就掩旗息鼓，連人影也不刪了。一下子整個戰場突然又沉寂了下去。

「他媽的，來呀！有種的咱們再較量較量！」

「乾脆，咱們乘勝追擊，「殺他們個片甲不留」！」矮冬瓜弄得灰頭土臉，沒傷毫毛，仍然滿神氣的。

「好啦！好啦！先弄弄陣地——」正目神態嚴肅：「大家把工事修好再說。」

在激烈的戰鬥中，陣前鬼子的活動，是大家全神貫注的目標——注意他們如何在進攻，另一方面是注意自己的對策——要如何把他們消滅，誰也沒有功夫注意到己方的損失，即使有，只要不是自己，也不會注意到別人的。

經過正目的提醒，這才知道掩體和交通溝都已殘破不全，有的幾乎夷成平地，最不幸的是副目和竹桿都掛了「彩」，相繼被送到後方去了。至於傷到哪個部位？傷勢如何？也很少有人知道。正目只是叫大家快修築工事，趕快把交通壕裡的砂石與倒塌的地方弄好。

入夜後，給養、彈藥，特別是手榴彈一箱子、一箱子的搬來，又再分配給大家、弟兄們彷彿吃了「定心丸」，因為這種武器在近距離作戰中真管用。至於飲食方面，因為老啃乾饅頭，除非飢腸轆轆才啃幾口，所以對稠而黏的稀飯最感興趣，惜乎「僧多粥少」，只好採取定量分配。另一樣是香菸，簡直是陣中的「珍品」，大有淩駕于乾給養和水壺之勢！有人視香菸為「命根子」往往一枝短短的「菸屁股」，大家都事先以「槓子打老虎，老虎吃雞，雞吃蟲」的遊戲，排定吸菸者的順序。有一人吸菸，必有十幾隻眼睛狠狠地盯住：

「別燒住嘴！」

「輕一點！輕一點！（吸）……」

王正平每次看到那麼多的人爭吸菸屁的情形，就想笑。拇指大的菸頭，就有那麼大的魅力，真是邪門！看他們兩個指頭夾住小小的菸蒂放在嘴唇上，就要使勁吸，又怕燒著嘴的可憐樣兒，他真不懂，這怎會成為「活神仙」？簡直是在自找罪受嗎！大伙兒都說王正平是『嘴上沒毛的小孩子，懂個屁！』他只好無奈地搖搖頭……」

黑夜一來臨，對某些弟兄們來說，又是另一種恐怕的開始；恐怖的是風吹草動都暗藏著殺機，老以為鬼子已經摸到臉前，也許躲在原地打鬼主意。因為他們的一動一靜無從瞭解，再加上遍地悽厲的「嘶嘶」聲，時強時弱，好像鬼哭神號一樣，令人不寒而慄！還有不少的山鼠、野兔什麼的，弄出的些微聲響，也會使人汗毛孔立刻起了疙瘩，心跳好一陣子！

說也奇怪，也有人不慌不忙，吃就吃，喝就喝，打就打（槍）。打完了，把帽子蓋在眼皮上，兩隻手當枕頭，靠著掩體，呼呼大睡，而且很有韻致地好像吹口哨。睡得又香又甜，鬼子們的「機槍點射」——「噠噠噠——噠噠噠——」他不但不理會，反而變成了他的「催眠曲」。

有人讚賞得不得了：「俺二歌，你可真是前世修來的好命啊！」

其中矮冬瓜就是「好命」老之二；能吃、能睡、能打、能玩，又能隨遇而安之人。他說：「生死簿操在閻王爺手裡，不該死的人，到了鬼門關還是進不去，該死的人，躲到老鼠窟裡，閻王爺還會把你抓去的！所以——」

王正平只是笑笑，矮冬瓜的「吹牛」，是真？是假？誰去考證呢？他說他的，咱又何必去管他呢？

第二天天沒亮，敵人的砲火又像一天一樣，作有秩序地轟擊，接著幾十挺輕、重機槍掩護著沒打死的鬼子，又像螞蟻般地攻上來，大喊大叫像瘋了似的。

經過了頭一天的鏖戰，大家親眼看到日軍的死傷情形，正如沈排長所說的：「他們還不是血肉之軀！只要我們大家不怕死，天下便沒有可怕的了！」

這倒是真的，何況大家都有「傢伙」，目標遠的用步槍，近的用手榴彈，再接近的鬼子，就上了刺刀，捅他們——

由於有了這種心理準備，又有了頭天的作戰經驗，便能從容應付，而且絕不放空槍嚇唬他們，是把他門當作活靶。

排長看大家沉著應戰，不慌不忙，便高興地豎起大拇指高叫著：「行！你們已稱得上老兵！」

佛曉作戰已經成了家常便飯。如果，早晨偶有槍砲聲，反而感到奇怪了。掛了「彩」的人，自稱是「中獎」，被送到後方的，說是「休息」。

鬼子們老是拿不下山頭陣地，大概是惱羞成怒了，有一次幾乎面碰面快拚刺刀了，不知為啥，他們又退了回去。事後才曉得，是右翼支援部隊對敵人奇襲成功，才造成這次「槓上開花」的小勝利！大家都高興得跳了起來！而且第二天就獲得上級犒賞，有酒、有雞肉佐餐，要不是上級的限制，大家真要痛痛快快大喝一場哩！

經過好多天的血戰之後，敵人的「黎明進攻」似乎掩旗息鼓了。雖然仍有砲聲隆隆和機槍「格格」響著，卻再也聽不見鬼子在陣前搖旗吶喊聲；只遠遠地看到少數士兵在活動，不知是在掩埋屍體？抑在加強工事？

有人建議：「我們攻下去呀，幹嘛那麼客氣？」

「一切聽從上級的命令。」沈排長連忙加以制止。他的額頭上纏著一條繃帶，像個「孝子」，他說這是被亂石「砸」上的。是真？是假？也沒有人認真求證。有人問他，既然掛了彩，為什麼不回到後方去「休息」？他卻說了一句很耐人尋味的話：「最危險的地方，往往是最安全的，我幹嘛要去後方休息？」

沈排長的話，更令人不敢相信了！有人又問他：

「前方既然是最安全的地方，那弟兄們怎麼會送了命，或者是受傷呢？」

「你不懂！」沈排長直接了當地告訴對方：「將來許多例證可以告訴你的。」

軍人好像就是打仗的「材料」，一不打仗，毛病就出來了：頭昏腦脹、四肢疲乏、渾身癱軟、地上太硬、身上老是發癢。平常是蒼蠅逗人，現在閒得無聊，伺機拍蒼蠅、捉蒼蠅，弄得手心黏黏的……但大多數的人，都以各種姿態，在戰溝裡閉目養神。覺，是睡不著的，不管白天或夜晚，老是覺得在半睡半醒中，迷迷糊糊地在打發乾澀的日子。

「轟隆！轟隆！……」

「格、格、格……」
槍砲聲突然又從後面響了起來。
「不對勁呀！……」大家紛紛坐了起來，互相打聽著，都很驚訝：「排長！排長！你聽聽——」
「不要嚷嚷！」沈排長等到大家靜止了。才說：「第一聲砲轟我就聽到了！一切照常，靜候上級的命令。誰要輕舉妄動，我就不客氣！」他很自然地摸摸右邊的手槍套。
有人模仿排長的神態，扮了鬼臉，伸伸舌頭，用右手握住板機——
太陽漸漸落山了，把天空染成一片彩霞，壯麗絢爛極了！這與「隆隆」的砲聲多麼不諧調！
「晚上聽命撤退！」終於有聲音傳過來了。
「撤退?!」大家都迷惘了：「有什麼理由撤退！」
「媽的！不能乘勝追勝，已經夠窩囊了，還要咱們撤退?!王正平，你看看究竟是怎麼回事？」「禿子」問他。
「我不知道。」他平靜地不表示任何意見。
「媽的！晚上看不見路，怎麼撤退?!要撤退在白天有多好！」
「放屁！你想死得快些！」有人頂了禿子一句。
「你——」本來禿子想回敬他一句，大概想通了，只好說：「好臭！好臭……」來取得精神上的勝利，就此下台。

撤退的命令終於下達了。傳話中，叫大家「縮短距離、保持肅靜、前後要密切照顧、不得掉隊！」外加一句「誰要掉隊，小心被鬼子抓去活埋。」

藉著星光，大家下山時，還能保持「互相照顧」的隊形。可是到了山下，大隊人馬一會合，上級要大幅「小跑」、「衝過去」，這時便顯得有些凌亂了。

沒撤退之前，敵人的砲火老是落在陣地的後面，如今一撤退，砲火正好就在前面。而且就是必經的唯一公路。大隊人馬要想通過，一定要冒著敵人的砲火！

「乖乖！這怎麼辦?!」

敵人追擊的砲火打來了，好像流星群似地劃破長空，這等於三面砲火都對準了大家的必經之地。

「衝過去！」王連長叫沈排長把命令傳下去：「天下沒有衝不過的『火焰山』！集合的地點是『呂王城』！」

本來，附近的城鎮、交通狀況，在平時已經給大家介紹過了，只是有些人不注意，總是認為這是上級的事。如今，事到臨頭，一說「呂王城」集合，許多人就問：

「『呂王城』在哪裡？」

「距離此地有多遠？」

「……？」

「好啦！好啦！只要衝過去——一直走下去，就可以找到的！」

沈排長在前，領導著大家，並且發出警告：「注意跟著隊伍，千萬不要掉隊啊！」

腳步重新邁開了。起初大家仍然順著馬路急行軍，甚至小跑，可是砲彈爆炸的地點愈益接近，忽東忽西，忽左忽右，好像都是彈著點，都是跳躍的閃光，也分不清是機關槍射出的子彈或是飛到各處的砂石。

藉著爆炸的閃光，王正公看到公路兩旁的小河溝。手裡持著槍，縮小了身子鑽進去。高一腳、低一腳躑躅前進，溝裡沒有水比較走得快些。否則，草鞋踏進泥窩裡，連大腿都不易拔出來，而且砲火就在附近爆炸，子彈就在耳旁呼嘯，每一分、秒，都在生、死之間掙扎！

那一夜他究竟跑了多少路？死傷了好多人？他無從獲悉，只知道有人在慘叫、有人在呻吟、他踩過別人，也曾被人踩過。有人就睡在溝裡不吭聲，是睡著了？是死了？他分辨不出來，只知道自己還活著，還有許多人活著。

天亮了，他看看周遭撤退下的人，幾乎都不認得，不知自己的部隊在哪裡？他想打聽一下，結果也打聽不到，一時間他有些茫然了。

經驗告訴他，天一亮鬼子的飛機一定來，何況稀疏的砲彈並沒有停止，公路上的部隊像潮水般地流來。有的大卡車就歪在路旁，是被撞壞的？還是發生了故障或是沒油？路上有丟掉的背包、子彈帶、成捆的冬季服裝，還有其他的裝備……呀！怎麼弄得這樣狼狽！

到了呂王城，還是找不到部隊，十室十空，原來做生意的小舖子，只見貨架子，都已空無一物。滿地的香燭、火紙、瓶、罐、臥室裡的衣物，都散落在地上，廚房裡一點食物、飲料都沒有。他只好把掛在脖子上的乾饅頭帶取下來、啃了幾口饅頭，重新加入人潮裡趕路……。

# 十一、以意志戰勝一切

那天，王正平趕了多少路，自己根本沒去想，他只想到越脫離戰場越好，最好是再也不要聽到槍砲聲。

走著、走著，天逐漸地暗淡下來。這時，他感到身心俱疲，實在有點走不動了，兩隻腿痠痛得不得了，他好想痛痛快快地喝點水，但大路旁邊水溝的水都是黃泥漿，經過的村子又找不到水井；有次找到了井，又沒有繩索、桶、罐，沒法汲水，真是令人望水興嘆！有心到村子裡去尋找，一方面怕迷失，另一方面又怕敵人追過來。在腰痠、腿軟、腳疼、鞋破、眼澀的情況下，他還是只有邁著沉重的步子，一步步地向前面繼續走去。

雖然他在通過鬼子的火網時，除了「第二生命」的步槍和打剩的幾排子彈、水壺、飯包沒有丟掉之外，其餘的東西都扔掉了，以減輕重量。如今，兩條腿卻足有千斤重，抬也抬不起來，假使能丟掉的話，老早就丟掉了！最後，在寸步也難以走動的情況下，他終於倒臥在一間矮小的草棚裡，一闔上眼立刻就睡覺了，睡得那麼熟；那麼香甜！什麼力量能夠促使他跑了整整一夜、一整天，他是一片模糊的。這時他已失去了所有的感覺，包括他的意識和動作，好像已經「燈枯油竭」，走到了人生的盡頭。

他不知道自己究竟睡了多久？當他醒來時，只感到渾身冰冷。他縮回腿、摸摸衣服，竟然是濕的，原來地上全是水！他坐了起來，聽到草棚外面，有淅瀝瀝的雨聲。

「哎呀！我的槍呢！」他猛然轉身，四處尋找：「沒有！到處沒有！呀！糟啦！是被誰拿去了呢?!……」

他頓時陷入一片焦急和迷惘，感到自己是那麼徬徨、那麼無助……。

「喔——」忽然，他聽到遠處傳來一聲長長的火車汽笛聲，雖然是那麼遙遠、那麼微弱；但是他的內心有著無比的激動。他想：他將得救了。

記得以前他從日軍山田部隊逃出來時，飽受飢渴和艱辛的折磨，也和此刻一樣地徬徨無助。而在鄭州就是聽到了火車的鳴叫聲，促使他毫不猶豫地上了火車，從此脫離了那像煉獄般的淪陷區，不再受到日本鬼子的欺凌壓迫。所以，在內心中對火車感到無比的親切。

「喔！喔！」火車的聲音越來越近了，這說明了火車站已離此不遠了。他想：只要坐火車回去，在那裡一定可以重新歸隊，他寧願在那裡戰死，也不願為撤退而活著，何況像這樣漫無目標地走下去，究竟要很哪裡走呢？

「走吧！」他告訴自己。

可是，外面正下著大雨，身上沒有雨衣。怎麼走？再說「第二生命」的槍枝又不知被誰摸走了？記得幹部們說過，軍人沒有了槍，就等於沒有了生命！沒有了槍支又怎麼歸隊呢？歸了隊不就等於是死路一條嗎？這該怎麼辦呢？是走？還是不走呢？他又感到有些猶豫不決了。

馬路上仍有許多人在活動，他們似乎根本沒有把下雨放在心上。王正平渾身溼漉漉的與外面沒有什麼分別，他想，還是乾脆走吧。於是他把已溼透了的饅頭胡亂的吞下兩個，覺得有了點力氣，才開始上路。

路上的小雨緊一陣、慢一陣地下著。到了下半夜，他終於到達了車站。想不到車站上卻擠滿了好多好多的難民，男女老幼，有的在哭，有的在叫，各種行李、擔子，擺得到處都是，熙熙攘攘，亂成一片。他們從那裡來？又要往何處去？沒有誰知道。還有不少衣服不整的軍人，也參雜其間。他想：這又與失陷前夕的徐州車站有什麼不同呢？

藉著微弱的「馬燈」，他看到這裡站名叫「花園車站」，名字很美，也許以前有「花園」之稱；而如今卻只是一片紛沓、混亂、不安的場面。與「花園」這個名字似乎是極不相稱的。

車站外面的道路上，閃爍著明亮的燈火，有砲車、汽車在走著；還有川流不息的軍隊，吆呵、噪嚷的人群；也有一些小販，在馬路旁邊擺著各種小攤，叫賣著熱騰騰的飲食……。

「怎麼辦？」王正平問著自己：「丟掉了槍枝！如果等火車去漢口，那自己是個逃兵！被抓到是要被槍斃的！如果不去漢口，去哪裡呢？哪裡是東西南北？排長在撤退時不是要我們大家在呂王城集結嗎？可是我怎麼跑到了花園車站來呢？呂王城究竟在哪兒呀！……。他越想越拿不定主意，不知自己究竟該怎麼辦？

也許是過於勞累的關係，加上一身的雨水未乾，他索性在車站一角，找了個位置坐了下來。

第二天，他在候車室的人縫裡醒來，臀部坐得好痛，衣服是乾了。但口袋裡的饅頭卻是溼溼的，已經黏成一塊。他本來想把它丟掉；但他忽然想起奶奶在家鄉曾經交代過千遍萬遍的話：「能吃的東西，寧肯吃掉，千萬不能丟掉！如果糟踏了食物，將來死了會投生為牛馬，永遠受人鞭笞，不得翻身！」

於是，他拿出那些已經變成黏黏的、酸酸的像一塊團團似的饅頭。勉強吃了一些，最後實在吞不下去了，只好作罷。

然後，他蹓出車站，想在小攤子買點飲食。記得離家前夕，老奶奶和娘擔心他一人在外，會遭到困難；所以特別把兩塊錢紙幣幫他縫在左褲筒的邊縫裡，而且一再叮嚀他：不到萬不得已，千萬不要拿出來用。同時也警告他，外面壞人很多，錢財切不可隨意露白。後來，在信陽，他雖然在被強迫下不太情願地把錢拿出來交給連長保管；但後來部隊出發時，連長又把錢發還了給他，於是，他把這兩塊錢又縫回褲邊裡。

如今，好多天都沒有食「人間煙火」了，剛才雖勉強吃了一點又酸又臭的霉饅頭，可是實在太難吃了，嚥不下去，因而此刻肚子餓得發慌，決心去買一點東西來吃。

他一面走，一面在想把縫在褲邊裡的錢拿出來，一時又找不到剪刀、刀片什麼的；正不知要如何辦時，突然發覺前面小食攤旁有個熟悉的身影。

「喂！」他走過去拍著矮冬瓜的肩膀：「你在吃早點？」

「嘿！」他一轉臉看到王正平，真是喜出望外：「坐下！坐下！你可跑得真快啊！」

「可是，你跑得比我更快！」

「廢話！先吃東西再說。老闆，來碗熱粥、一盤煎包，快！」

食客多，人手少，包子供不應求，過了好大一會兒，才把煎包端上。

「你的『第二生命』呢？」王正平問矮冬瓜。

「媽的！我的『第一生命』險些就報銷了！還談什麼『第二』呢？對了！你的『傢伙』呢？」

「前天晚上我睡得像死人一樣，槍枝居然被人給摸去了！」王正平愁眉苦臉地說：「你看，這該怎麼辦?!」

「先不談這些，咱們先吃包子！吃完了，前客好讓後客——」

他好像賣個關子，又像若無其事，一直在狼吞虎嚥地吃點心。

「到底怎麼樣嘛！」

「你急什麼！那個『傢伙』又笨又重，我被『它』累死啦！它又不是乾糧、水壺，人沒有它就活不成。」

「可是，將來怎麼『繳帳』?!」王正平很著急。

「小兄弟，虧你還是『喝過墨水』的人哩！人家『摸』你的傢伙，你就不能『摸』人家的？」

「那——」王正平搔搔腦袋瓜，遲疑起來。

「能吃就吃，先把肚子交代過去。」他對王正平呶呶嘴，一面把銅板付出去。

「我來付！我來付……」

「去你的！付什麼？你付?!嘿嘿……」他笑了，笑得神秘兮兮地，好像小孩撒謊被老奶奶看出了破綻一樣。

他靦腆著把熱粥、煎包吃完之後，咂咂嘴，頗有餘味猶存之意。

「怎麼樣？你要不要再來一盤？」

「行啦！行啦！」王正平不好意思地推辭，其實，他心中明明想再要一盤的，但怕矮冬瓜付不出來，只好說：「行啦」。

吃完包子，他們倆離開了小吃攤。

「裡面是什麼？」矮冬瓜摸著王正平的乾糧袋問他。

「乾糧呀！不過已經被雨水浸得變成溼糧了。」

「那不是已變得又酸又臭了嗎？丟啦！丟啦！」矮冬瓜想拉他的乾糧袋。王正平很不以為然地退了一步，有點意外。

「乾糧既然已經變成『溼糧』，難道你還想再吃它不成？」矮冬瓜拉下嘴角，斜視著王正平，帶著不肖的口吻：「好、好……那你就等著慢慢啃吧。媽的！小心吃了拉肚子喲！」

王正平遲疑了一下，終於聽了矮冬瓜的話，把「溼糧」的倒在路旁，但卻仍然保存那條又髒又臭細而長的布口袋。

「咦——」矮冬瓜把聲音拉得長長的：「想留作傳家之寶？是不是？」

「好、好、好……媽的！你真會過日子！我服了你！沒有了槍，還背著子彈袋，真是『邪門』！」

「還能丟掉？」

「不、不、不……你不嫌重，就背著嘛！」他指手畫腳地一如平常，把他重新打量了一下：「呀！破草鞋、臭軍裝，看樣子三天也沒洗臉了？」

「矮冬瓜，這都是閒事。我問你正事怎麼辦？」

「什麼正事？」

「就是我們要在哪裡去等部隊？還是去漢口？」

「去漢口？那不是去找死嗎？我看咱們還是先歇歇腳，等會再把肚子填飽些，最好找個地方好好睡一覺。」

「這兒人這麼多，到哪裡能找得到地方睡覺呢？」
「咱們慢慢找嘛！總會找到的。」
陰沉沉的天，又滴滴嗒嗒地下起雨來。「花園」街道上，擠來擠去的軍民，比「趕集」的人還熱鬧。「趕集」的人，無論買、賣的莊稼漢，都洋溢著消閒自在的神情。而這裡的人就像天老爺哭喪的臉——愁雲滿佈、一片陰霾。人們的心，一如唏哩嘩啦的地面，到處泥濘、寸步難行！身歷其中，真有著無比的感傷……。
花園是個小站，街道不多，他們轉了兩圈，又回到車站的屋簷下。
「部隊那麼多，卻沒有我們的！」
「說不定他們已經過去了？我在路上耽擱了一整天。」
「是呀！我也疲勞過度，在路上睡了一覺，睡過了頭。」
「對啦！」王正平突然想起來：「部隊開向沙陽去啦！」
「你怎麼知道的？」
「你看每個十字路口，不是都有箭頭的標誌嗎？」
「真的！」矮冬瓜叫了起來：「那咱們現在就走吧！」
「可是，沙陽在哪裡？怎麼個走法？」
「這，你就放心吧。嘴巴就是路，我到車站辦公室去打聽，你在這裡等我好啦。」

過了一會，矮冬瓜手裡拿了張紙條子，畫了去沙陽的簡圖交給王正平。

他瞄了一眼，便說：「要經過應城、皂市、瓦廟集、楊家洛，才能到沙陽。」

「說那麼多做什麼，我也記不住。我們先買點食物，水壺裝滿水，再走。對了，你的破草鞋還能穿嗎？」

「至少比打赤腳走路好一些。」

「要是我乾脆打赤腳。你沒注意到，找雙膠鞋墊墊腳，應該不會困難的。」

「我老早看到過——」

「你怎麼不撿一雙？」

「是別人穿過的，」接著王正平說出心裡話：「我怕傳染了腳氣病。」

「呵，大少爺，我真服了你！乾脆你的衣服也不要穿啦！又臭又髒，不怕生了衛生蟲！」

「……」王正平無話可回答他了。

「好吧，看情形今天日機不會來。咱們快點趕路吧。」矮冬瓜催促王正平。

# 十二、超過一切，克服險阻

天色漸漸暗淡下來，小雨不緊不忙地下著。

王正平終於接受了矮冬瓜的建議：丟掉了子彈帶，換穿了一雙丟在路旁的舊膠鞋。穿在腳上，才發覺後腳跟滲進些泥水，老是「吱呀吱呀」的響聲。

「是破的！」

「鞋子不破，誰願意丟！」

「都是你的好主意。」

「這你不能怪我，」矮冬瓜提出抗議：「『花園』附近有多好多鞋子，你不願意要，現在想要只好將就啦！我看一切以後再說吧！」

倆人不再說什麼，但走在泥巴路上──下硬上滑，一個不當心，便會「撲通」一聲，摔個臉朝天或者「狗吃屎」。不過，「栽跟頭」的人，儘管隨時可見，但頂多「哎喲」一聲，或者罵句「媽的」，就爬起來繼續趕路了。

一起向沙陽撤退的部隊很多、也很雜，有的勉強保持行軍的隊形，有的三個一堆、有的五個一塊，有的是病號，也有的磨破了腳掌，拄著拐杖，像傷兵似地，一步一聲「哎喲」、一哆嗦一步「娘呀！」「奶奶！」的，更有的乾脆躺在馬路上請求路過的軍人：「弟兄呀，你就行行好吧——給我一槍吧，我實在受不了了呀！……」。

然而，在這兵荒馬亂的年頭，自顧都不暇了，這種聲音聽了也就等於沒有聽，各人只顧加快了腳步，都希望能早些趕到目的地。

有節奏的腳步聲，最容易令人感到瞌睡。後面的火光漸漸遠了，前面的黑夜，像個無底洞，永遠是黑的。偶有點點星火在明滅。是鬼火？是燈光？也無力去分辨，曠野裡彷彿有些秋蟲在「嘶嘶」地哀鳴，也像催眠曲，人們的意識，不知是麻木了？還是遲鈍了？總是模模糊糊地，又陷入長途跋涉、半知覺的狀態中，「行軍時要提高警覺」的口頭禪，已被困頓、勞累「磨」得無影無踪了。

「噠噠、噠噠……」

「咚！嘶——轟……」

突然槍砲聲大作，子彈從頭上、耳旁邊、褲檔下「颼颼……」的穿過……

王正平一睜睛，對面有十幾條強烈的燈光照過來——照得人連眼睛也睜不開，是探照燈？汽車燈？還是坦克車的燈？下意識的反應叫他立刻滾到馬路左側的水溝裡……

「鬼子來了，鬼子來了！」

「中了敵人的埋伏了！」

「快撤退呀！……」

前進的黑影又都跑了回來，無數的槍砲，吐出萬道火苗，連夜空都照亮了！人像骨牌似地倒下來，有人掙扎爬起來，又倒下去，翻了翻身子，再也不動了……人，跑遠了，可是砲彈像些兇煞神似地，老是在弟兄們的四週爆暴，使人躲藏無處，只好聽天由命了！

沒通過「埋伏」的人，遭受鬼子的猝擊，死傷遍野。那些通過「埋伏」的弟兄，他們的命運怎樣了？是死？還活？還是被俘了呢？只有老天才知道了。

王正平一觸及「被俘」兩字，馬上不寒而慄、頭髮就似乎要豎起來！他寧願死掉，也不願被俘。因為被俘時的被槍殺、被焚燒，那種可怕的慘狀和氣味，他是永遠難忘懷。

「轟！」一枚砲彈就在右前方的爆炸了，他感到右踝處突然被撞擊了一下，立刻感到不對勁、摸摸右跂，黏黏的，用舌尖舔舔，是血腥味！「糟啦！受傷了！」他告訴自己。

他藉著各處爆炸的閃光，把傷處以綁腿布把傷口緊緊紮住，繼續跟著大家跑，為了躲避砲彈，大家都散開來，向不同的方向奔跑，都希望早些脫離爆炸的範圍。

「矮冬瓜」呢？這時已不知他的去向，大概是在爆炸中被人群衝散了，此刻他是死？是活？他想，他也無法顧到他了。

天又落雨了，連老天爺似乎也在同聲一哭！但王正平沒有哭，他只是快一陣、慢一陣地奔跑，直到砲彈稀疏了，爆炸的聲音遠了，他才放慢了腳步。

天色漸漸亮了。根據判斷，前面幾位也是往南走的，腳下是一條鄉村小道。這樣繼續走下去，可能會到戰火更厲害的武漢！向東走是死路一條，那就只有向西的方向了。

沿途兩旁都是收割後的稻田，遠處有樹林的地方，就冒著炊菸，炊菸上空偶有幾隻飛鳥悠閒地滑過。地面上有「唧唧」的蟲鳴。家鄉的農村，原來不也是如此的寂靜而安詳嗎？可是這又能維持多久呢？如果說，戰場就是人們的屠宰場，那麼這些只事耕作的農民運命如何？自己就是一個例證，活生生的榜樣。

受傷時，有致命的砲火在追擊，全神所貫注的，只有一個「跑」字，如今已經遠離砲火了，好像死亡的威脅卻接踵而至。包括：陣陣的傷痛、飢渴與疲乏，身上除了水壺和乾糧袋以外，什麼重量都沒有了，腳步似乎有千斤的重量。他極須找個地方歇歇腳、閉閉眼睛，他看看前面，也有兩位和他一樣、蹣跚而行。好像一口氣都會把他們「吹」倒！不用說，昨天還是充滿希望的小伙子，如今，也掙扎在生與死的邊緣上。他看到人家，想想自己，不也是那個樣子！他想追上去，問問去沙陽的路程，打聽一下矮冬瓜的下落，但是兩條腿不聽指使，一切都不對勁了。看看右豉的綁腿不是血色而成了黑糊糊的一團。

困乏、勞頓已極，迫使他不得不找個地方躺下來，一旦再翻開眼皮，卻又遭受到傷口劇疼的啃噬，那滋味又比困乏所帶來的痛苦厲害多了！

儘管王正平咬緊牙、縐緊眉頭、抿著嘴、抽著氣。但傷口還是「霍霍」地疼個不止。額頭的冷汗一直在流，難怪有些傷兵要叫人「行行好！把我斃了吧……」他如今才真正體會了這種生不如死的滋味。

怎麼辦？路上無人，找誰去「行行好」呢！現在唯一能做的——也是唯一的希望，就是「走」！繼續地往前走！

「好吧！」他用力地站了起來，決定衝破一切困阻，繼續往前走下去。

下定決心容易，但是站起來又要貫徹決心那就難了！因為站起來的血脈往下墜，墜得發脹，墜得刺痛，就像刺痛了心臟那樣。他無奈地「咚！」地一聲，仍舊又坐回了原地，一任疼痛的肆虐、蹂躪；他幾乎被疼痛所擊碎。眼淚和汗水混合起來，順著面頰往下流，一直流……。

他想起以前被日軍俘獲時，只要閉上眼睛，就會想像到被日軍拉出去「槍斃」，他覺得只要聽到「砰」地一聲，生命就可以毫無痛苦地結束了。而如今活著卻比死亡還要困難千萬倍！以前聽好多人說過：「了不起一死吧了！」想得多容易，說得多簡單，然而，想死就能死得了嗎！如今真是到了所謂「求生不得求死不能」的地步啊！

「不死就得走！就得拚命！」他狠狠地告訴自己，也像下了最後通牒：「走！你不打敗疼痛，疼痛就把你打敗了！」

他終於還是竭力地站了起來，心裡大喊著：「拼命！拼命！再拼命！」就像兩個人在較量腕力，渾身都抖顫著，也像打擺子那樣，終於「拼命」克服了「疼痛」，而一步一步地向前走去。痛苦變成了「配角」，「意志」和「決心」也終於恢復了原來的「主導」地位。

繞過了應城，經過了皂市，正式走上了「應（城）沙（陽）公路」。戰況似乎平靜了一些，但是王正平的「情況」卻愈來愈糟，他由「步行」改為「策杖」而行，最後竟然變成以手代腳，坐在地上，一寸一寸地往前「挪動」了。

他的傷口一直沒有得到適當的治療，天天泡在雨水、汗水、泥巴裡。綁腿布原來就已髒兮兮的。不久，傷口發炎，整條腿都紅腫起來，以手指按下去就是個「坑」，顯然已失去了原來的彈性。最糟糕的是嗅到了陣陣的臭味、黏黏的膿液，滲透了綁腿布，不斷地流過了後腳根，滴在地上。不知從哪裡飛來的大頭蒼蠅，圍繞著臭膿液，在貪吝地吸吮著。當他找到了一條比較乾淨的褲子，撕開來，替換黏黏的臭布時，竟發現傷口生了翻滾的蛆，就像茅廁坑裡的糞便那樣令人噁心！渾身立刻起了雞皮疙瘩，他簡直不相信這種事會發生在自己身上！可是，可是……又不能不信「怎麼辦?!」他急了！起初，他用布去擦，它們卻活活地鑽進肉裡。他用枯樹枝去撥弄，沒有把蛆撥出來，而戳出了鮮紅的血，流經黏黏的傷口，滴在地上。而那些揮不走的大頭蒼蠅「嗡嗡」地更活躍、更多了，一直在他身邊飛來飛去，好像一合掌就會打死好幾隻！

「怎麼辦？」他搖搖水壺，連一滴水也沒有了。公路下面有稻田的水，可是爬下去還能再上來嗎？公路上馬蹄窩裡有點水，但那是黃泥漿而不是水。當時，有幾個路過的病兵經過他身旁，他想叫他們撒點尿留下來，或撒在潰爛的傷口上，把那些蛆沖掉，可是他卻一時說不出口，等到他要叫他們時，他們已經走出二十公尺以外了。他只好把要說的「請你們行行好、救救我吧……」的話給嚥了回去。看看後面，路上已渺無人跡。

當時，日近西山，紅而圓的太陽既無光又無熱。風吹來已有幾分寒意。王正平這才感到衣服太單薄了，口袋裡沒有食物，水壺裡沒有水，腸胃裡更沒有任何東西。這時他看見右前方山腳下有一片竹林，他想：那裡可能有些農家，不妨到那裡去找個地方暫宿一夜，一切明天再說。如果運氣好的話，說不定會找得到一點食物，而至少也可以把水壺灌滿水，順便把傷口處理一下，能這樣也就行了。於是，他鼓起最後一點氣力，向前「挪」去。

# 十三、山窮水盡，又過關

當他以手代足「挪」到那個叫「田家村」的地方時，已經到了「初更」時分。在家鄉時，應該是入睡的時間了。

「汪、汪、汪……」有狗在叫。村子裡一片黝黑、寂靜，連個燈光也沒有，偶爾傳來病（或受傷）人的呻吟聲，不用看也知道是「同病相憐」之人。

他又繼續向前移動著，這裡沒有街道，只有散落的農舍。「這裡的人呢？」他一面移動，一面帶著滿腦子的問號。「是睡了？是逃難去了？或者被人拉去當壯丁？當挑夫去了？……」

「梆，梆……」隱約中，他聽到有敲打木魚的聲音。

他循聲向右前方移動。他剛到一座矮房子門口，突然有一條小狗竄了出來，向他「汪，汪，」地叫個不停。

木魚聲跟著停止了，有位老太太端了一盞煤油燈出現。但似乎並沒有發現他的存在，而是在討厭狗的狂吠。

「老太太——」王正平趕緊叫喚她。

她把視線放低了。「你是誰？」她終於看見他了。

「老太太，我是一個傷兵渴得要命，想向你討口水喝——」

「唉！都半夜了——」她猶疑著。

這時，突然從後山上傳來「砰……砰，砰……」一陣間歇性的槍聲，而且來自不同的地向，愈來愈近。

「趕快進來！」老太太立刻吹熄了燈，看他沒有動，便問：「你怎麼啦？怎麼不動呢？」

「我不能站起來呀！」王正平急得要命！他想：這下糟了！過去幾天來，自己忍著痛苦，咬緊牙關，好不容易才越過了邑市，以為終可擺脫鬼子的追擊，沒想到鬼子仍然追了過來，飢渴、痛苦，再加上恐懼，他一下子無法承受得住，就地就昏了過去……。

當他醒來時，藉著燈光，他看到那位滿臉皺紋的老太太以外，還有一位留有「八」字鬍的老先生站在他的身旁：

「鬼子走啦？」

「不是鬼子，是土匪。他們專門收拾像你們這些掉了隊的老總們的武器和錢財。」八字鬍老先生答覆說。接著老先生又問他的姓名、年齡、家裡還有什麼人？好久受的傷？準備到什麼地方去？

他把自己的一切和遭遇，告訴了這對年老的夫婦。

從他們老兩口的對話中，他知道他們有個兒子，比他大三歲，曾經在三十六年的夏天就到了上海，參加過八、九月份的松滬保衛戰。以前常常來信，打仗以後就音訊全無了！老太太從衣襟裡掏出一疊信，那都是她的兒子寫來的。她問王正平：「你見過我的『金樑』沒有?!」

她的雙手激動著，眼睛閃著淚水。

「……」王正平不知該怎麼回答她。

「哎呀！他怎麼會認得『金樑』！我看你是想瘋了！」老先生搖頭嘆氣：「唉，這一切都是命吶……」

接著他探手摸摸王正平的額頭，便「呀」了一聲：「他還在發燒呢！」

「我們的孩子，是不是也像他這樣受了傷？……」

老太太竟不斷地摔鼻涕、擦眼淚——

「老太太，有水沒有？」

「乖，有、有——」老太太用慣了「乖」字，不覺得有什麼特殊的意義，但是對王正平來說，竟像中了「邪」似地卻震撼了他的心，立刻無法抗拒地哭了起來！這個「乖」字只有老奶奶和母親喊叫得那熟悉、親切和關愛。

「喏，水來了，你快喝吧。不夠我再倒。」

他接過水，「咕嚕、咕嚕」地大口喝著。

「看樣子，你的右腿受傷了？是嗎？」老先生問他。

他點點頭。把空碗交給了老太太：「謝謝妳的好心！」

「換過藥嗎？」老先生關心地問著。

「根本就沒有上過藥。」

「可惜我們鄉下就沒有醫生，連藥店也沒有——」

「這樣吧，」老太太把空碗放在旁邊的桌子上。然後對老伴說：「把他的傷口洗洗，換點好的破布、棉花，替他包上，總要舒服點——」

老先生立刻點頭，老太太忙著找東西、弄開水，老先生找剪刀，替他作了適當的處理。足足忙活了好一陣子，才包紮完畢。

接著，老太太叫他好好睡一覺。他也深深地向他們兩位老人家致謝。他合上了眼，雖然他被安排睡在廚房的乾草上，但在感覺上，好像睡在自己的家裡。儘管傷口還在疼痛，身上的溫度也很高，可是他已能夠承受。在極度困疲中，他悠悠地漸漸進入了夢鄉……

第二天醒來，發現老太太跪在桌前敲木魚，嘴裡唸唸有詞，一副虔誠的神態，好令人感動。

他把身上的乾草撣了下來，爬出廚房，向主人家辭行：「老太太，非常謝謝你們的招待！我一輩子也忘不了。」

她停止敲木魚，轉身遞給他一壺水。並把一個塞滿了東西的口袋交給他：

「這是一袋子飯，都是早晨現做的，裝多了吃不完，很可惜。」

「這時老先生也回來了。手裡拿著一張狗皮：

「你屁股下面的油布不能再用了，我替你找了一張狗皮替換下，可能用得久些。吃飯了沒有？」

「我倒忘了。」老太太先接著說：「你吃了飯沒有?廚房的灶上給你準備了——看見沒有？」

「我吃不下。像你們這樣對我，真不知道怎樣感激你們呀！」王正平含著淚珠，向他們跪下。

「不要這樣嘛！」他們趕快來扶他。

如果我的孩子是這樣，不是也這樣麻煩人家！」老太太兩手合一，望著上天。

「老先生，你們貴姓？」

「我姓田，這個村子就叫『田家村』，我們住在這兒已經好幾代了——」

「謝謝田老伯和田老太太」

「別客氣，這一帶的土匪很多，你一路上可要當心呀！」

「我知道，我會當心的。」

王正平把臂部的油布狗皮，挪動著身子，出了田家，回過身來，一再向他們揮手致謝，這才離開田家村。

# 十四、鬼哭神嚎，人間地獄

楊家澤是應沙公路上的小村子，只有兩條路，平常定期有「集」。「逢集」的時候，附近的農民都會到那裡，買賣些自家所需要的東西，名之為「趕集」，十分熱鬧。當王正平像個蝸牛似地、爬到那裡時，兩條街渺無煙，偶爾見到一兩條狗，都夾著尾吧，好像垂頭喪氣地，從街旁邊悄悄走過。

各家的大門都的是半掩著、即使門是關著的，只要一推，就「吱呀」一聲便開吧。

「人呢？」他忖度著：「是「跑反」（註：意即「逃離」）去了？還是發生了什麼變故？……」

為了找個落腳之處，他只好挨家去看看。他才發現有不少傷、病兵分住在街兩旁的商店裡。有的呻吟、有的哭叫，有的像神經病似的，哭叫無淚。他一出現，就有人大喊大叫地：

「打……打！……」

本來，他想問問是「什麼部隊？」「到沙陽還有多遠？」看看能不能找到同一連、同一個部隊的弟兄？

天色漸漸暗淡下來，他很想找個空一點的房子住一宿，明天再動身。

他推開了一家大門，有兩個櫃台分列左右，檯台後面是空無一物的貨架。地上都是些紙張、空盒子等破舊衣物。當他「挪」進去，便有兩條老鼠「呼啦」一聲跑開了。室內的氣味陰濕而霉臭——

「哎喲！哎喲喲喲——給我水，水……？」

聲音從內房裡傳出來，顯得那麼無奈、絕望，只有生命到了盡頭，擠出最後一絲絲力氣喊出的聲音，才是這樣的。

他搖搖水壺，幾乎是空的，但是還有幾口水，對他來說，是「聖水」，是「生命的源泉」，比食物更珍貴，哪怕一滴水，此刻比一滴血還要重要。他在想：該不該給他一些？……這是田老先生賜給我的。「我應該把他的恩賜，好心，也讓他嚐嚐。對，就這麼辦。」

打定了主意，他爬了進去，停在床前，他舉起水壺：

「喏，同志，水來了，請喝水，喏——」他在等待著。

對方終於停止了呻吟和喊叫，掙扎了好一陣子，想坐起來，但似乎已經無能為力。好不容易睜開了眼皮、定定神，看到面前坐著一個人，拿著一只小壺，他覺得像是一場夢一樣，幾乎不敢相信這是事實，所以，他不敢用手去接。

「喏！」王正平再重覆一句：「這是水！接住！接住呀！」

他的手終於伸出來了，像在尋找些什麼？

「壺蓋是開著的」王正平把水壺交給他：「這裡面還有水，你快喝吧！」

他接過水壺，「咕嚕、咕嚕」，一下子就喝完了。但他仍仰著頭、張著嘴，高舉著水壺，讓水一滴滴地掉進口裡……。

王正平見他轉過臉來，他忽然驚叫起來：

「矮冬瓜！原來是你！你、你是怎麼來到這裡的？」

「你——」他的反應非常遲鈍，過了好幾秒鐘，他才反問王正平：「你，你是誰？」

「我是王正平呀！怎麼！你連我都不認識了?!」他又把他重新看了一遍。五短的身材，胖嘟嘟的面孔，脖子顯得特別粗、短。樣子就像個大蛤蟆。分明就是矮冬瓜嘛！只是他左腿粗重如桶，其臭無比，但口也一定生了蛆！

「唔，」他終於清醒了過來：「我的確不認得你，我也不叫矮冬瓜，不過我還是要非常謝謝你。」

王正平終於看清了他——他嘴角有塊疤痕，而且脖子和頭一樣粗，而矮冬瓜不是那樣的。他們只是長得有點像而已。

「不要謝，大家都是受傷的人。怎麼樣，你還能走嗎？」

「我是不行了，左腿斷了。一步也不能走了。」

「不要難過，只要一到了沙陽、進了醫院就好了。」

「唉！不行了！不行了！我是知道的——」他說話的聲音轉而平靜：「這裡有一元鈔票，對你還有點用，請你收下吧！」

「你的傷勢比我重，更需要錢用，我怎能要你的錢呢？」

「小老弟，沒關係，你還有希望，我沒有。我的腿已經碎了！這點錢，你趕快收下吧！不要再浪費時間了。這邊還有條軍毯，對你有用……天……漸漸涼……了。」聲音漸漸微弱下去……。

「同志，」他急忙問他：「你叫什麼名字。是什麼地方的人？要不要我幫你什麼忙，你說！你說！……」

他閉上了眼睛，一元鈔票，從他指頭縫裡掉了下來，眼角流著淚水，可是卻沒有說出什麼話來。

「還給他吧！」他從地上把鈔票撿起來。他覺得良知上應該還給他的，他的傷勢比自己重，他更需要錢。但他已閉上了眼睛，好像昏迷了過去，似乎暫時已失去了知覺，他暗自思忖著：「那就等他醒來時，再說吧。還有他的一條軍毯，給我了，他能不冷嗎？而且他還正用著它呢？」

他爬進另一間房子裡，却沒有床鋪，只好躺在草堆上。外面窗前有棵樹，在「沙沙」作響。室內有老鼠在貨架上、櫃台下跑跳，「吱吱」地互咬聲令人心悸。有時，老鼠就從腳面上，匆匆竄過。

隔壁房間又傳出了呻吟聲，而且時高時低，時而要水喝，時而喃喃地說：「能炸死就好了，娘呀！妳不要再喊我了！不要喊了呀！」聲音漸漸低沉下去。不久他聽到有一陣敲打聲，有笨重的物體摔下的聲音。還有房門「吱呀」一聲。以及一陣「唏唏索索」的聲音，他很想爬過去看看，可是全身實在沒有一點力氣，只好繼續躺著，以後他就漸漸模糊了……。

忽然，王正平在隱約中，見到一個矮矮的身影，在搖晃著，胳肢窩挾住兩條義肢，流著滿臉的鮮血，粗腫的左腿，像隻「三節棍」在吊掛著。正一步步地向他走了過來。

「你是誰？」

身影向王正平移動了兩步：「你……你要……救救……我——」他竟哭了起來，身影逐漸漸擴大……。

「啊！你……你是矮冬瓜！你，你，你是……。」

他的面孔幾乎碰著了王正平的鼻子：「你要救救我！救救我……。」

王正平被這突來的景象嚇得大吃一驚，一下子他醒來了，頭上冒著冷汗，心在「噗通、噗通」地跳。耳朵裡好像還在響著：「救救我！救救我！」的聲音，但是已越傳越遠。他才明白剛才是做了一個惡夢。

窗外的樹葉，被冷風吹得「沙沙」作響，飄落在附近，好像有足跡輕輕踏過。他睜開眼，月光透過窗櫺撒在地上。就在櫃台後面突然有兩顆「光球」那麼令人奇怪！是鬼？是傳說中的幽靈出現，他注視著「光球」，「光球」也在注視著他。這是什麼怪物？

他正在凝神屏息，「哼——」一條深色的狗裸露著尖銳的牙齒，作攻擊前的吼聲。他的頭皮一緊，立刻撿起地上的棍子，作自衛性的準備。雙方僵持了好一會兒，那雙「光球」才消失在黑夜裡。

大概「光球」剛剛走出去不遠，就遇上了另外一隻野狗，他們立刻展開了激烈的衝突，你「哼」、我「哈」地相互較量了起來，不一會兒，便有其中一隻好像被咬中了，在一陣哀嚎之後，慢慢地走遠了，犬吠聲也就漸漸消失了，週圍又恢復了平靜。但此時王正平的心裡卻一時不能平靜下來，傷疼、口焦，加上心裡的火熱老是燃燒著他！使他恨不得馬上離開這裡。但他一想到外面的野狗，以及殺人不眨眼的土匪？他又有些害怕了，何況室內已經冷得叫人發抖了，街上不是更冷嗎？所以他又決定依然在屋內留下去。

黎明的腳步悄悄來臨了，他聽到大門「吱呀」一聲。接著地面「嗦嗦」的腳步聲。

「誰呀？」

沒有人答應，却有一個蓬頭垢面、臉色蒼白、帶著探尋的神情在他身上打量，而且拄著一根手杖。

「你是幹什麼的？」王正平心裡雖有點「發毛」，但還是鼓著勇氣又問了他一聲。

但那個人還是沒有回答，却自行退了出去，似乎在繼續搜尋。王正平吃力地坐了起來，挪動著臀部，看他要尋找什麼？

「你在做什麼？」他看到那個被誤認為「矮冬瓜」的人，已經橫躺在小房間的門口，而那個蓬頭垢面的人正在翻弄他的衣袋，不過，他好像沒有找到什麼，所以又朝向房間裡面走去。

「有人翻他的衣袋，他怎麼沒有一點反應？難道是——」他有了不祥的預感，慢慢地挪過去一看，發現他果然他已經走進了生命的終點站。

就在他感到生命如此脆弱、瞠目結舌、不知所以時；那個蓬頭垢面的人出來了，却把死者的毯子背在肩上。

「喂！喂！……」他急了：「你怎麼那樣！你，你，」

蓬頭垢面的人根本沒有理他、他想追出去，一面高叫著：「那條毯子是他給我的！你，你——」

那個人似乎是個聾子、又像個會走路的僵屍，竟然沒有絲毫反應。王正平只有眼睜睜地看他從容出去，拄著手杖逐漸遠離。他連連喊叫了兩聲，街道上冷清清地，沒有任何人理會他。只有幾條野狗、陰陰沉沉地在蹓躂，不知在打些什麼主意？

「唉！」他嘆了一口氣，心想還是儘快離開這個地方的好！

可是，早晨外面那麼冷，他怎麼走呢？何況沒吃、沒喝、腸胃都是空的，四肢無力，傷口的臭膿又流了出來，繃帶裡面還有蛆……回到屋裡，他看到那個橫陳著不知道姓名的屍體，內心不禁又湧起了一陣難過。也不知他是哪個部隊的？是什麼階級職務？他的腿既然斷了，怎麼還會來到此地？是他的部隊把他丟在這裡？還是好心人把他送來的？抑或是花錢僱人送到這裡的？為什麼不一次把他送到沙陽的醫院裡去呢？他實在有些想不透。一想到這裡，他又有些猶豫了。

這些零星的思緒在他腦子裡不停地轉動著。最後他決定不再去想他。還是想想自己「走」的問題要緊。他不清楚這兒距離沙陽還有多遠？以他目前的狀況，要如何才能走得到呢？但如果不走，留在這兒的話，也是坐以待斃，死路一條。

最後，他決定不管怎樣，還是挨的好。而目前最需要解決的就是要找一些水和食物帶在身上才行，可是，在這個十室九空的小鎮上，哪裡有水？哪裡又有食物呢？

他吃力地挪動著身體，前後找了幾家，終於在另一家的廚房裡，找到了一個水缸、缸底還有少許水，同時也找到了一塊長了毛的黑鍋巴。經過了清洗，把它放進嘴裡，儘管還是有臭酸味，而且是苦的；但對他來說，已是很難得了。

他仔細地咀嚼，以強烈的食慾所產生的唾液，來溶解食物的霉酸味。而且還留下一些，準備在路上找不到食物時，再拿來食用。

第二天早晨，外面傳來了腳步聲，他以手代腳「走」出了屋門，居然看到遠處街上有幾個人在交談，他向他們一再招手，却得不到絲毫的反應。不久，那些人就各自走開了。

他向左面探視，又看到一位動作遲緩的中年人，兩手插在袖筒裡，正朝著他坐的方向走來。等那個人走近了，他立刻向他打招呼：

「先生，求你幫幫忙，好嗎？」

對方停下來，沒講話，也許對王正平感到有點奇怪。

「先生，我是個傷兵，想找個人把我送到沙陽——」

「唔——」他說話了，也像在思索：「沙陽離這裡還有好幾十里路呀！」

「先生，我給錢！」他立刻抓住機會，在懇求他。

「給多少錢？」提到錢，他似乎有了興趣。

「你看呢？你要多少？」

「不是我要，」他作了解釋：「是別人要。我可以替你找到別人來送你去。」

「也好。」他點燃了希望：「那你看得要多少錢才行？」

「這就很難說了——」他像賣關子：「我得替你找到人再說。不過你得先給我一塊錢才行。」

「一塊錢？」他忖度著。那位去世的「矮冬瓜」留給了他一塊錢，再想想自己的褲邊裡，還縫著兩塊錢，這到沙陽是綽綽有餘了。

「是的。一塊錢，還不知道人家願不願意去哩？」

「好吧，我給你一元錢。」

「那就拿來！」他伸出了手。

「現在就要給嗎？」

「人家不見錢，怎麼會送你？」他看王正平猶豫著。便說：「你是傷兵，已經夠可憐了！天地良心，我還能再騙你？你儘管放一百二十個心好了。」

他終於交給他一塊錢，帶著祈求而又懇切的語氣：「老伯，我一切都託付你了！請你千萬行行好啊！……」

「你儘管放心好了，我一定幫忙。」他接過一元鈔票，帶著滿臉的憐憫之情，又一再交代他：「就在這裡等，可別走遠了！」

「好，老伯，我就在原地等你！快點啊！」

他不曉得事情會這樣順利！這樣快！一想到今天就可以到達沙陽，就可以進入醫院醫治傷口，就可以不再挨受飢渴之苦，就可以……。他不禁感到有些興奮起來。

他等了沒有多久，果然來了兩個清瘦的中年人，一個頸骨較高，眼窩深陷。一個是麻臉，露著一口黃牙，令人有種怪怪的感覺。他倆抬著一張竹床，在他面前停下來。

「你要去沙陽嗎？」
「是的，是的……。」
「拿出來吧！」
「什麼？」
「錢呀！」
「不是給過了嗎？」
「你給了誰？」那麼麻臉冷冷地：「我們倆個還沒有放下床，你就說給了，是不是燒糊塗啦，還是沒睡醒？呃！」
「我已經交給那個右下巴留有一撮小鬍子的人了，你們不是他找來的嗎？」
「好，就算你給了他，」那個高顴骨接著說：「可是你並沒有給我們呀！」
「那一塊錢沒交給你們！」
「好啦，好啦，」那個麻臉好不耐煩地說：「想不到這個受傷的傢伙還會撒謊！給錢就去，不給錢就拉倒，不必跟他囉嗦！走啦！」
「喂！回來！回來！」倆個人剛剛轉身走了幾步，王正平慌了！他趕快叫住他們：「咱們有事好商量嘛！」
「沒什麼好商量的！」那個麻臉冷冰冰地說：「給錢就去，不給錢就拉倒，不是跟你說過了嗎？」

「多少錢？」

「一塊。」

「還能少點嗎？給你五毛錢好不好？你們就可憐可憐我這個受傷的人吧！也算做件好事呀！」他簡直在苦苦哀求著。

「這個小傢伙可真囉嗦！」那個麻臉有點生氣啦：「你可憐！你可憐！誰可憐我們！廢話少說，要去就給一塊，少一毛錢都不行！」說罷，就擺著一付要走的姿勢，好像也在等著王正平的回話。

「好，好，好……」一塊就一塊，他終於同意了，「可是，你要把我送到沙陽啊？」

「知道啦！」那個高顴骨皺著眉頭、伸出手：「錢，拿出來吧？」

「還沒上路哩！怎麼，就得先付呀！」

「你這個小王八蛋，可真囉嗦啊！乾脆，你到底要不要去？給不給錢?!」那個麻臉帶著威脅的口吻，轉了半個身子，又擺出想走的姿勢。

「給，給，給……我給，我給。」他想了想，然後問他們：「可不可以找把剪刀？」

「做什麼？」

「不做什麼，不做什麼。」他連連否認，忽然想到老奶奶那句「錢不露白」的話。他央求倆人：「請兩位稍等一兩分鐘，我進到屋裡去方便一下。」

「快點啊！哼！」聽口音，看神態，他們一副好不耐煩的樣子，如果此時有人爭「生意」的話，他們會毫不考慮地「換人」了。可惜，街道上此刻連個人影也沒有。

他進入室內，東找西找，心裡又怕倆個討厭的傢伙拔腿走了！還好，他終於找到一柄裁紙刀，趕快弄破褲邊，把其中一元鈔票抽出來，再把另外一元塞好。暗想，這真是「救命錢」，到沙陽絕對沒問題了。

他趕快爬出來，把錢交給麻臉：「麻煩二位，我這兒先謝謝你們，二位可要把我送到沙陽啊！」

二人都沒再說什麼，只是皺著眉頭，揑著鼻子，把他架上竹床。

倆個人同時把竹床用槓子抬上肩頭，隨著腳步聲，就聽到「吱呀吱呀」的磨擦聲，那麼有韻致、有節奏，好像一首歌。但在王正平的心頭上，却沒有絲毫欣賞的念頭。因為右腿上下一般粗，與左腿一比較，一個像搭棚子的竹桿，而另一隻腿像廟口的石柱子、竹床隨著兩個工人的腳步，有上下起伏的「波浪」。他的腿部也像「波浪」似地受到「衝擊」。於是，傷口好像受到鞭笞似地難受，也有「波浪」式一陣陣的疼痛。他想：這要歷經多少痛苦的「衝擊」，才能到達目的地呀！儘管到達沙陽頂多只有半天的路程，但對王正平來說，却是多遙遠！此刻如果用「度時如年」來形容，也不為過。

也許是太多的疼痛，使他有些麻木。不久，他在恍惚中，失去了上下波動的感覺，耳朵裡失去了「吱呀吱呀」的「奏鳴曲」。他緩緩睜開眼皮。忽然發現竹床已停了下來，那個麻臉和高顴骨都站在面前，以怪異的眼神看著他。

「你們做什麼？為什麼不走了？」他的每根神經都緊張起來，好像病老鼠遇到了兩隻張牙舞爪的餓貓！

「不做什麼！」兩個傢伙終於露出同樣的流氓像，並且伸出手來：「給錢！」

「剛才對是給過了嗎?!」

「兩個人只給一塊錢，行嗎？」

「那你們要怎樣？不是說好只要一塊的嗎？」

「不怎麼樣，」那個高顴骨探頭看看竹林外面的馬路，然後冷冷地告訴他：「只要你乖乖地再付出一塊錢，那就什麼事也沒有，不然的話，我們可就要對你不客氣了。」

這時，那個麻臉就過來拉他的衣服，打算硬搶。

「你們要怎樣！你們要怎樣！……」王正平一面大喊，一面使出平生之力，緊緊地握住衣角。拚命地想握住他最後一塊錢。

可惜，一隻病「老鼠」敵不過兩隻「餓貓」。幾經翻滾、掙扎，由床上跌到床下，衣服被撕成片片，兩個人終於奪走了王正平視為「命根子」的一元鈔票，然後向來的路上走回去，連竹床子他們也不要了。

王正平這時更急了，他挪動身軀，在後面高喊著：

「你們拿了我的錢，應該送到沙陽呀……」

可是，他們根本不理睬，看看無望了，便追出竹林，挪一步、罵一句：

「你們這些土匪呀！殺千刀的呀！」

直到他們走遠了，他還在罵。

這時，正有幾個傷兵走了過來，他便高喊著：「救命呀！救命呀！土匪搶了我的錢呀！……」

可是，那幾個傷兵淡淡地瞟了他一眼，仍然若無其事地走了過去，好像這種事是司空見慣似地，一點也不稀奇。

幸好有個著「短打」的年輕人，此時推著一部平板的車子，匆匆到了他的面前，以同情的神情問他：

「你說有人搶了你的錢？」

「是呀！」王正平連連點頭，他立即指來的方向：「喏！就是那兩個！一個是麻臉的，一個是高顴骨的，我同他們講好，要他們把我送到沙陽的，我已經給了他們錢，可是他們還要搶，現在把我丟在這兒不管了。」

年輕人轉過臉去，望著漸去漸遠的身影。他自言自語地說：「已經追不上了！」他一面搖著頭，一面回轉過身來看著他：「啊！你已經受傷了，還不輕呢！這是怎麼回事？」很顯然地，他的衣服被撕破、被搶的狼狽像、感動了他。

王正平把自己的事概要地告訴了他。

「嗯！真可憐！」年輕人又點頭又搖頭的，表示十分同情他。然後，他把車子放下來，用袖子擦著汗。這時日頭已經偏西了，竹林裡隨著風聲，已經有了幾分寒意。

「先生，」王正平已經看出年輕人的臉上現出無限的同情，但又不知他在忖度些什麼。他便進一步要求著：「可不可以麻煩你載我一程，只到沙陽就好，這樣子就救了我的命了。」

「這……」他在猶豫著。

「我會給你錢的。」

「給多少？」

「你給四毛好不好？」

「好！」他喜出望外：「乾脆給你五毛算啦。」

「咱們就一言為定。」他也很爽快：「請上車！」

王正平掙扎了好一會，還是上不去。年輕人立刻就勢把他抱了上去、感慨地說：「你的傷勢還不輕哩！」

車子「吱扭吱扭」地上路了。他才發覺年輕人的車子太老舊了。車輪像個方的，顛簸在高低不平的碎石路上，震動在傷口上，血膿因而流得更多了。而最難忍受的是疼痛；每一顛動，就好像刀刃砍在鮮肉上，那不是局部的傷口痛，而是全身、由心臟疼到每一汗毛孔，每一個細胞，比起上午躺在竹床上受到上下起伏的疼痛，那又有雲泥之別了。後者像拳打，而前者——半躺在手車上，簡直像睡在刀山上。因此，他忍不住一路大叫起來：

「娘呀！我的親娘呀！」

「我的天老爺呀！……」

推車人受不了他的喊叫，把車停了下來，對他說：

「你這樣喊叫，我實在受不了，我看乾脆你還是下來吧！五毛錢我也不要了。」

「不！不！我不能下來！不能下來！……一下來就是死！……你就救救我吧！救救我吧……」他向推車的年輕人哀求著。

「那，你可不能再哭再叫喲！」

「好，好，……我不哭，我不叫……求你繼續推吧！」

「好吧！只要你再不哭、不叫，那咱們走吧！」

車子「吱扭吱扭」地又動了起來。年輕人小心翼翼地推著，車輪「各登各登」向前轉動著，果然，王正平端端正正地坐著。再也不哭、不叫、連「哼哼」的呻吟聲也沒有。他從側面看看他，見王正平只是閉著眼睛，兩隻手緊緊抓住車框。於是，他漸漸加快了速度。

# 十五、貧困到底的「命」與「錢」

一大片沙陽的樓房已經遙遙在望了。王正平坐在板車上，心裡在想著，沙陽那兒有兵棧、有醫院，只要到那裡，他就可以不再為傷勢、餐飲擔心了，這樣豈不是馬上就可以脫離苦海了嗎？

可是，當他摸摸衣角、所有的口袋，都是空的、破的，那剩下的僅有的一元鈔票，早被麻臉他們搶去了。欠推車人的五毛錢，要怎麼辦呢？他不禁又有些擔心起來。

愈接近沙陽，王正平愈感到惶恐不安。內心老是嘀咕著：「怎麼辦？……」他感覺自己像是個被押解的逃犯。

「吱扭」一聲，車子終於停止下來。呈現在面前的是南北向的一條大河，靠近對岸的是幾條桅帆高掛的大船。

「好啦，過了這條漢水，就是沙陽。」推車人把他抱下來。告訴他：「太陽還沒落山，可以過河，我們再見啦。」

王正平張著嘴，右手放在衣服裡，就直直地望著推車人，好像小學生在老師面前背書、忘了詞句，額頭冒著汗。想哭一場、又哭不出來，酸、甜、苦、辣，外加疼痛，五味雜陳，這種滋味是他生平第一遭嚐到；以前雜鄉背井、被俘、受訓、行軍、作戰、受傷……只是些「單項」滋味，而目前遭逢的却是比「五味」還多？頓時他呆了！傻了！每一分鐘都在「煎熬」，一下子滿臉都流滿了淚水。

「你怎麼了？」年輕人問他：「沙陽快到了，應該高興才對，你怎麼又哭了呢？」

「我？……」王正平答不上來，只好拚命地在掏自己衣服的口袋假裝在找錢。

「小兄弟，不要掏了，那五毛錢還是你自己留作用吧！」

「那怎麼可以？這……」這句話好像不是自己說的，是那麼自然而又很得體。可是他想到自己並沒有錢，還要說漂亮話去欺騙人家，這種行為實在比大麻臉、高顴骨那兩個傢伙還要卑鄙！人家是老老實實地「搶」，而自己却是個鬼鬼祟祟地「騙」！尤其自己到了奄奄一息的地步，居然還欺騙一位好心人，這真是太不應該了。

但是，推車的年輕人却很輕鬆地說：「算啦！算啦！我只是順路把你送一程，算不了什麼！別在意。」說完，他就推著車子走了。

「那……」他不知是喜悅、還是羞愧，竟連向他擺手致謝的勇氣都沒有，目送著年輕人和車子漸行漸遠，他又一次流下了是感激也是慚愧的淚水。

現在沙陽是到了，却隔著一條河。該從哪兒過河呢？他向四週望了望，發現在下游一箭之遙的地方，有條小划子，正載著一些人，用長長的竹篙撐著滑過水面。原來那兒有個小碼頭可以過河。

「好，趁著在日落前，趕緊到那裡。」他一面告訴自己，一面迅速挪動著身子，向沙灘上走去。可是這樣的走法太慢了，不知是否可在日落以前趕到？他想站起來，可惜上身太重，好不容易站起來，一下子天旋地轉，立刻栽倒在原地上！眼前一片昏黑，「金星」飛舞了好一陣子，才恢復原狀。全身的血液，好像都貫注在右腿的傷口上，那種類似「爆炸」式的割裂，還是新地「嚐試」。他只好放棄了用腳走的打算，還是恢復了以手當腳。

他終於爬到了渡口，這時，日落了，河面的風帶來了陣陣寒意，吹乾了他的汗，但也吹冷了他的心。他在船渡口已經等待了好一陣子，看到別人一跳，便越過了兩尺水面跳上船去。可是自己却一點法子也沒有，要上船除非把自己泡在水裡、爬過去。

他曾請求路人把他抱上去、或者用手杖把他拉上去，甚至向他們哀求：「請你行行好，」或者「可憐可憐我吧！」然而却都沒人理會！不知是自顧不暇？還是人情的疏離？抑或是惻隱之心被砲火轟碎了？是人間的悲劇司空見慣了？……

「這怎麼辦？」傍晚將盡，飢寒交迫、傷痛的加劇、體力的衰竭、心情的焦急和憂慮……一古腦地襲上心頭，使他無法承受！但又無法抗拒。尤其夜色漸濃，過渡的人已不再擁擠，萬一小划子停在對岸、不來了，那不是等於斷絕了一條生路！如果是死在花園車站、應城、皀市、田家村……鬼子、土匪的手裡、或者病死、餓死也就算了！可是，只有一水之隔，生路就在對岸。如果死在這兒，那該多不甘心呀！他想那條小划子，就是「救生圈」。只要抓住它，就算抓住了性命！就算走上了生路！就算打敗了死亡！就算掌握了勝利！於是，最後一搏的希望漸漸由無到有、由弱轉強。一線生機，從心頭冉冉升起，希望像火苗逐漸燃燒而旺盛！而強烈！耳旁邊彷彿有種聲音：「只要你能站起來，誰也不能推倒你！」

小划子又緩緩地滑了過來，靠近了。就在將停的一剎那，他終於像奇蹟般地站了起來！雖然「站」得搖搖欲墜，而撲通」一聲跌進了水裡，但他終於抓住那只冰冷而硬梆梆的篙！而被拖上了小划子。究竟是什麼力量教他死死地抓緊它，他自己也搞不清楚，他想也許是一股強烈的求生意志而產生的奇蹟吧！

小划子輕快地划到對岸停住了。別人都跳下來走開了。他昏沉中聽到有人在叫他：

「小兄弟，你該『走』了。」

他緩緩睜開眼，發覺渾身都濕透了，就如同還是泡在水裡一樣：「唔，好冷！」他忍不住打了個寒噤。

「快下去呀！」船伕的臉更冷。

「可是你叫我怎麼下啊！」

「喏，」船伕指著船頭搭的一塊木板：「我已經替你準備好了。」

「啊……啊……」他像打擺子似地，不知是渾身抽筋還是水冷的關係，老是抖顫個不停，上下牙齒碰得「咯咯」響，連「謝謝你」三個字，都不能連在一起了。

「好啦！好啦，你總得自己先挪一挪，我再幫你拉一把吧？你總不能要我把你抱下去呀？」他終於挪動了身體。可能因為木板太窄，太軟，他試了幾次，還是坐在那裡。

「下啊，耍賴是不是？一個錢不給，也就算啦。難道你還想在划子待一輩子？」

「好，我下，我下。」他咬緊牙，忍著痛，終於坐上了跳板，本來想滑下去，可是沒有扶手，唯恐滑進水裡去，因此人像中了邪似地在哆嗦著。

船伕看在眼裡，便一個箭步跳下船，連拖帶拉，終於把他給拖下了船。而王正平也就再度昏迷了過去。

天色漸漸暗淡了，河面的風嗖嗖地吹著，王正平在悠悠中又恢復了一些知覺，定定神。看看岸上，一個人影也沒有，向上看，只有一些參差不齊、房屋的輪廓，神秘兮兮地，好像到處都有幽靈在活動，在窺探。如果，在平時他可能會被嚇破膽的，但是，此刻在意識裡只有「先找個落腳地點」的念頭。於是他開始挪動了身子，順著有房屋的方向走去……。

好不容易挪到街上，却沒有路燈，家家戶戶沒有一絲光亮，連個人影也沒有。他一面「走」，一面挨家推門，終於有一家的大門是虛掩著的，輕輕一推就開了。但裡面一個人影也沒有。他先找到廚房，像瞎子般的摸到了水缸，却發現是個空的，一點水也沒有。於是他接著摸到了其他少數的器物、柴草。最幸運的發現是，他找到了火柴，雖說只有七八根，但是在他說來，已是最大收穫了。他趕快找來一堆些草，用火柴點燃，然後脫下全身濕透的破衣服以及墊在臂部的那塊狗皮，先把它們擰乾，再在火邊烤了起來。

最後，他找來兩條破蔴袋蓋在身上，在火邊沉沉地睡去。

天，終於亮了。陽光從窗口透進來，他從沉睡中醒了過來發現火早已熄了，而陽光並沒有給他帶來多少溫暖，他只感到頭腦陣痛、眼睛一片模糊、四肢無力，傷口的臭味很濃，一群綠頭大蒼蠅不時在他面前飛舞，他想趕走牠們，可是連揮手的力氣也沒有了。他想，自己該不是快要死亡了吧！

本來，死亡是令人發毛的，如今他却忘記了恐懼，失去了恐懼。彷彿生與死已經失去了明顯的界線。只是茫茫地如雲似菸，飄浮在沒有痕跡的幻象裡若隱若現。

「砰，砰……」附近的敲門聲，把他從半昏迷中帶回現實。他掀開了身上的兩條蔴袋，穿好衣服。再把狗皮綁回臀部，手上套上破膠鞋，挪動身子走了出去。打算向附近的居民打擊：

「醫院在哪裡？」

街道上煙稀少，被詢問的人，有的搖搖頭，有的人茫茫然。倒是有幾個病號，在小攤子前面購買「蔥巴」和熱騰騰的饅頭，那種香味打老遠就吸引著他，喚起了他強烈的食慾。明知身上已沒有一文錢，還欠人家五毛錢的車資；但是饅頭的魅力太大。久違了的食物，今天一大早，就親眼看到了。他想說不定老闆看他可憐，能大發慈悲之心賒欠一兩個饅頭給他，或者有同病相憐的戰友，激於同情心能分給他半個蔥巴，讓他嚐嚐滋味過過癮也說不定呢？於是他一步步向前挪去。可是，當別人一看他來到跟前，馬上摀住鼻子走開了。只有老闆還算心腸好，一看他來，馬上給他一個饅頭，並對他說：「趕快走吧！」

「我還沒給錢哩！」

「不要你的錢——是奉送的！」

「什麼？」他楞了一下，感到好意外：「真不好意思！等下，我給你送錢來。」

「不要啦！不要再來啦！……」老闆像送瘟神似的。

他雙手捧著饅頭，如同聖品。隔著一層紙，他就感到它的熱力！一下子溫暖了自己的心，他迅速離開現場，躲在沒人看見的地方。小心翼翼地剝開一層紙，用衣角擦擦手指頭，才把饅頭一小口、一小口地慢慢地咀嚼著然後再細細地嚥下喉嚨。

以前吃饅頭，總是狼吞虎嚥，根本沒有品嚐它是什麼味道。尤其小時候吃饅頭，要叫老奶奶剝皮、沾糖、左一個「乖」、右一個「乖」，聽她說了許多好話，哄了好些遍，才肯慢吞吞地分好幾次把半個饅頭吃完，然後再喝半碗雞湯、吃點水果，這樣才覺得馬馬虎虎交了一次「差」。如果老奶奶此時此地看到他像這樣吃饅頭的樣子，不知該是哭？是笑？是驚訝？還是感嘆？……

吃著吃著，他忽然狠狠地痛罵起自己來：「自己全身明明沒有一個子了，昨天厚著臉皮沒給車資，今天一大早，就「出口成章」、騙人家好心的老闆，說等下要送錢去給他。人家的熱饅頭可是花本錢花功夫做的，自己有能力「送錢」給老闆嗎？不能兌現的話，隨便說出來，不是騙子是什麼？……」他越想越難過。尤其是當年老師教誨的話，家長們的叮嚀，家長們的教誨，都一一在耳旁邊相繼響起。他們不同的面孔和口吻，就像電影的畫面一樣，交互出現。等到把自己責備夠了，饅頭也吃完了。他又再度回到了現實，那就是此刻急需要解決的問題是，必須趕快找到一所醫院。

「醫院在哪裡？」被問過的人，幾乎都搖搖頭。或者說：「這裡沒有醫院。」「唔，你最好到十里舖去看看。」如果「到十里舖去看看」，對常人來說，是一件稀鬆平常的事，但對王正平來說，那又是一個絕大的問題。本來，他把所有的一切「賭注」──包括意志、精神和體力，都放在唯一的沙陽裡，到沙陽是他的唯一的一線生機。如果再要他到十里舖去，他恐怕是很難辦得到了。

不過，此刻他還是並未完全放棄希望，雖然自己的精神、體力，已到燈枯油盡，不能舉「足」的地步……但是，只要自己還有一口氣在，自己還是得找到醫院才行。幸好有個好心的人告訴他說：「你不妨去漢川中學看看，那裡住有許多傷兵。」

「那漢川中學又在哪裡呢？」他問。

「不遠了，就在前面。」

「不遠了」「就在前面」，就像兩支點燃了的火柴棒，又點燃了他的希望；希望變成了他的泉源，從生命的枯井裡，好苦澀、好吃力地、被「擠」了出來。雖只一點點，像閃爍的螢火，就憑藉著這點「閃爍」之火，他奇蹟般地找到了「漢川中學」。當這四個字映入他的眼簾時，他感到腦門「嗡」地一聲，眼前一黑，以後什麼都不知道了……

不知過了好久，潛意識像條過河的小划子，漂盪過一段昏黑的海面，現在一絲絲微弱的光亮，逐漸明朗。他再度醒了過來。

「漢川中學」就是臨時的醫院嗎？怎麼大門是關著的？一個人影也沒有。他感到很奇怪。但不管怎樣，既然找到目的地，就敲敲大門吧。

「砰砰！砰砰！」連敲了幾下，沒有人答應，他用力推推，大門開了。他好不容易跨過一尺多高的門檻。發現裡面出現一個衣衫襤褸的傷兵！他怎麼也是坐著的，兩眼無神、呆滯、死板、下巴瘦削，滿臉的污垢和汗斑……咦！怎麼面孔那麼熟，他是誰？自己動了一下！對方也跟著動了一下，他這時才看清楚，原來面前擺著的是一面大鏡子，鏡子裡的人原來是自己，竟然是這副樣子，他猛然摀住了臉……。

「醫院呢？護士呢？住院的病號呢？……怎麼沒有人？」他爬過了被炸塌的房舍，也走遍了全校。除了幾尊殘破的神像，他沒發現一個人的影子。原來這個學校是一座廟宇改成的。

他想：既然找到的不是醫院，但至少也得找點水喝、或食物才行。

他終於找到學校的廚房，在地面上找到了幾個完全的盤、碗、筷子。而且居然有水，這是他最大的發現，雖然水缸裡都被塵垢封閉了，存量不多；但只要把水面的塵垢撥開，還是可以飲用的。可惜米缸是空的一粒米也沒有，但在碗廚裡却找到一塊發了霉的臭鍋巴。他已有了處理霉鍋巴的經驗，所以急需要找到水來煮它。為了尋找火，他意外地發現後面還有一間宿舍。從門縫裡窺見了裡面有衣物、被子……這意外的發現，使他感到十分興奮。可是，房門是鎖著的。這對他又是一項考驗！怎麼辦？開鎖沒有鑰匙。然而，就算有了，能夠擅自去開人家的鎖嗎？那不是等於去偷人家的嗎？這和強盜又有什麼分別呢？自己已經做了兩次騙子，難道還要再做一次強盜?!

然而，為了求生存，為了活下去；這些似乎都無法顧慮了。他想：在這瀕臨生命的盡頭，既然已經發現了一只「救生圈」是沒有理由不去抓住它的。

「還是抓住它吧！」不知從哪裡的勇氣，也不知「命令」從那裡發出來的？他就從身旁撿了一根棍子，一端插進門縫裡，另一端置於腰後，他用力一攀，「卡嚓」一聲，鎖沒有開，却把「門鼻」的附件整個拔了出來，門也應聲開啟了。

他迅速挪動了身體，進門一看？什麼器物、文具、風琴掛鐘……樣樣都有，只不過上面積存厚厚的灰塵。接著他又發現了一個木桶，他打開一看：「呀！米！白米！雪白的米！……」他高聲地大叫了起來。

有了米！水！火柴 鍋子、腳盆、衣服、被子、棉絮……這些東西，他想，這下好了，好多問題都可以解決了。

管他個三七廿一，他先去關好了大門然後坐下來好好休息了一陣。等到天黑了他才點上了蠟燭，燒了開水，煮了點稀飯，解決了民生問題。接著另一件大事，就是把痰盂盛了熱水，找出一罐清洗痰盂的「藥水」，倒了大約四、五湯匙在裡面，又把一些棉絮泡在藥水裡，再解開膿包似地布帶，他記得那還是他受傷後第一次「換藥」。是田老先生替他包上的，那時傷口只不過像枚小銅幣；如今打開來第二次「換藥」，傷口已潰爛一隻巴掌大的「火燒」了，而最令人毛骨悚然的是，裡面有著無數翻滾的活蛆。他不顧「藥水」的冷、熱，趕快抓把濕棉絮，讓「臭水」沖在傷口上，那些大大小小數不清的蛆群，便像白米粒一樣一簇簇地「順流而下」。一連沖了好多次，才把那些噁心的東西沖光，最後他把那些沖下來的蛆蟲，用紙包在一起，丟進爐灶裡，發出「畢畢剝剝」的爆炸聲。看到危害他身體的「敵人」統統被消滅了，他的心裡才感到舒適些。

等他傷口重新包紮好，他已經累得快虛脫了，他感到眼皮苦澀，意識漸感不支、受不了磕睡的驅使，他一合眼，便深深陷入一片矇矓中……。

# 十六、一線生機，衝破萬難

他在屋子裡住了三天，三天以後，食米還剩一點；水，却沒有了。漢川中學裡面沒有水井，沒有水喝是不行的，他不知該怎麼辦？而最討厭的是忽然鬧起痢疾來了，先是肚子痛，一痛就要解大便，想解又解不出來，頂多解出像鼻涕那麼一點點。前一、兩天，一天只解五到八次，第三天已經增加到了十三次。而且解時會疼，不解時也疼；甚至不但白天疼，到了夜裡還是疼，有時睏極了睡去，也會把人疼醒。

起初，想解大便，就爬到廁所裡去解決，因為次數頻繁，有兩次沒來得及，竟把大便拉到褲子裡，害他弄了半天才處理乾淨。後來為減少往返廁所的次數，乾脆蹲在茅廁坑上不走，但是他受傷的腿蹲久了，也是十分難受的。最後，他不得不以痰盂來代替茅廁坑，才算免除了往返廁所之勞。只是那些可恨的蒼蠅，老是圍繞著痰盂飛來，嗡嗡嗡的叫聲把他吵得精神都快崩潰了。

以前埋怨「打擺子」不好受，冷與熱都來得太猛，但時間只不過三個小時左右，其餘的時間還能吃、能喝，一如常人。但是「拉痢疾」就難纏、頑強得太多了！那種疼痛的滋味，不知勝過了「打擺子」多少倍。至於與右腿傷口的痛相比的話，那更是大巫與小巫之別了。

不知是上蒼有意安排，還是他的命該如此！他一點也沒有料到，除了和鬼子作戰的戰場以外，人生還有那麼多的戰場！

「唉！」王正平在受盡折磨之餘大大嘆了口氣，心想：「戰死易，求活難；活著的傷者，看來還沒有那些戰死的弟兄們有福！」

可是，既然活著，總得想辦法繼續活下去才行，他又鼓起了求生的勇氣。然而，想繼續活下去又是多麼不容易，目前就面臨了，沒有水喝，拉痢疾、傷口發炎這些大難題，他真不知要如何解決。想到這些，他又感到有點萬念俱灰？

正當他一下子想求生存，一下子灰心失望；內心交戰，掙扎在矛盾猶疑之中時，忽然，他聽到一陣拳頭，棍棒的敲門聲，接著「吱呀呀」的一聲，大門開了。然後，好像有很多人進來了，匆忙而雜沓的腳步聲，翻弄箱櫃的開關聲，接著有人抬拉笨重的器物聲，碰撞聲，拆擊聲……來來往往的腳步聲，一直延續了好久。他本來想出去看看，但是，一方面是全身軟弱無力根本已經無法行動，另一方面是他也怕被別人發現，而把他當小偷來辦。

時間過得特別緩慢而苦澀，有人以「度日如年」來形容，那還是快了點，應該喻之為，「分秒難熬」或「度分秒如年」才勉強相似。

依剛才的那些情形來判斷，他知道風琴被人抬走了，「叮叮噹噹」的掛鐘也被抱走了。他忍不住爬到房門口，從牆板縫裡向外瞧瞧，才發現進進出出的人們，有衣衫襤褸的病患，短打的市民，還有「賊頭賊腦」的青少年，空手進來，大包小件地拿出去。

「還有什麼東西可取呢？」他默想著，視線在移動著。他從鏡面斜斜地看到了傳達室、街坊、行人……突然，他的視線停在門旁的石凳上。那裡有個熟悉的人影，三角臉，中等身個，嘴巴上好像突著，不知是否有一對虎牙，他正靠牆在閉目養神、一身髒兮兮地，頭上還有亂草，顯然，他是睡過用乾草舖成的地舖，才會那樣的。

「是周副目！」但他馬上警告自己：「上次在楊家滓，就錯認過「矮冬瓜」。天下哪有那麼巧的事！」不過，他又想：還是出去看看的好；假使不是他，不妨請求他幫個忙，想法子替他找點水，起碼要比在屋裡等死要好得多。」

於是他打定了主意，也不管會不會被別人當做小偷了，他使盡了吃奶的力氣，輕輕推開門、再關好，由另一面繞道出去移近了，仔細一端詳證實果然沒錯。

「周副目！」他喊了他一聲，內心有說不出的激動。

那個人緩緩睜開雙眼皮，露出了那對熟悉的虎牙，把王正平端詳了好一會兒：「你——？」

「我是王正平呀！怎麼？你都不認得了！」

「認得，認得……」他看清了對方，似乎也顯得十分興奮：「怎麼會不認得！可是，你怎麼變成這個樣子，你的腿受了傷是不是？嚴不嚴重呀！哎呀！看樣子一定很嚴重。我還以為我是最糟的了，想不到你比我還糟，唉！」

「我……」王正平翻了翻眼皮，看樣子，他想說什麼，却沒有說出來，嘴巴扭動了幾下，想哭又沒哭出來，他的樣子比哭了還難看！

「呀！你，我看你一定吃了太多的苦頭了！不過，還算不錯，你還能動，還好好地活著。」

「我……」本來，他想說「我雖然活著但是還不如死了的好」，可是，不知是太激動了？還是情感已經乾枯了，竟然再也擠不出一句話來？

過了好幾十秒鐘，看樣子經過了一番掙扎，他問副目：

「可不可以請你幫忙打桶水？」

「你要我去打桶水？」

「是的。」他點點頭。

「可是沒有水桶呀！」

「你跟我來！」他用手向裡面指了指。逕自向「家」裡移動，周副目跟在後面。

他推開了門，交給副目一只鉛皮桶，但是副目沒有立刻接下，站在那兒先把室內流覽了一番，嘴裡喃喃地，好像在點「貨」似的：「哇！不簡單，你這兒鍋、碗、瓢、杓，吃飯的傢伙樣樣俱全，還有被子、床鋪可以睡覺，不錯嘛！什麼東西都有啦。我這個好胳膊、好手腳的人，都成了窮光蛋、叫化子，而你却成了小富翁！我看你是真有辦法！」

「副目，不談這些，先請你去打桶水好嗎？我實在快渴死了。」

「好，好……」他提著桶轉身出了房門，還在說著：「不錯，不錯！想不到，想不到……」

是的，同一個部隊的人，曾一同生活、一同作戰、一同撤退，但結果却大不相同。有的死，有的傷，有的生死不明。如今兩個同志能夠再度碰頭，疾病相扶持，這又是誰能想到的事？

他不知周副目所說的「不錯」、「想不到」，這兩句話是什麼意思，暫時他也無法去推敲，只是把鍋子、柴草、火柴等東西先都準備好。

不久，水提來了，王正平忙著燒水，燒稀飯。副目則忙著拉小桌子，擺餐具。

副目喝了第一口稀飯便說：「王正平，你的這個稀飯燒得真香！可不可告訴我，這些米，你是從哪兒弄來的？」

他把經過情形簡單地告訴了副目。而周副目也向他訴說了這兩個月來的遭遇。

「我們還算幸運，」副目慨嘆著：「撤退時，死了好多人！沒死的傷患，還是慢慢死了！你能過了河，已經不錯了。」

「我是生不如死呀！」他又加上一句：「唉！死了就解脫了！沒事了！」

「別灰心，只要一進醫院就好了。」

「可是，誰知道醫院在哪裡？」
「在十里舖。」
「這我也聽說過。可是，十里舖太遠了，我現在這個情形，一步路都不能走了，哪裡還能走得到十里舖去呢？」
「那——」不知副目想說「怎麼辦？」還是想出了另外的辦法，但他却把話「嚥」了回去，沒有說出來。
沉默了幾分鐘，王正平又說話了。
「副目到沙陽多久了？」
「四天半。」
「這些日子是怎麼過？」
「唔——」他拉了尾音，有點不好意思地說：「討飯，很多人都在討飯。」
「能吃飽嗎？」
「唉！人太多、老百姓煩！給，就吃。不給，就只有挨餓了。」
「每個人不是都有三、兩塊錢嗎？」
「都在路上被土匪「借」去了！不願「借」的人，非死即傷，你想，誰敢不借呢？」
兩個人又相對無言。由於蒼蠅非常猖獗。這時副目趕快把桌上的碗收了，用水沖洗乾淨，碗底朝上，不知道你認為怎麼樣？」

「不妨說說看。」

「現在的叫化子，都不好幹了。」副目的眼皮瞪著王正平的臭腿：「如果能出去『告地狀』，說不定是一條『財路』？」

「『告地狀』？怎麼個告法？」

「其實，很簡單，」副目告訴他：「把自己年齡、籍貫、姓名，寫在紙上。說是作戰受的傷，無法進入醫院療傷，希望大家幫忙給點盤纏，日後報答。再把年、月、日寫上，就行啦。把這張紙擺在人多的地方，用四個小石頭，壓住紙角，到時別人看了，就會施捨點給說不定到那時，什麼問題不就都解決了嗎。」

「這是真的？」

「騙你做什麼！這兒有現成的筆、墨、紙、硯，喏，寫不寫？就由你自己作決定吧！」

王正平以背靠牆，閉上了眼睛，似乎在認真地想這個問題。他在想，「告地狀」真有效嗎？這樣做會不會太丟人呢？但是除了這個「餿主意」以外，其它又能做什麼呢？做叫化子會餓死的！要經得起人家的呵斥、白眼、「同行」的嫉妒、排斥，運氣好的時候——碰到善心的人給個饅頭、半塊餅，一些「餓狼」、「惡狗」就會圍過來分一份。否則，棍、棒齊下，打得頭破血出，也不乏先例。

「唉，」副目察顏觀色，知道王正平左右為難，便以「激將」法，有意無意地嘆口氣：「可憐我從小喝的墨水不多，不然的話，我告地狀掙的錢也許早都花不完了，怎麼還會待在沙陽挨餓哩！」

「副目，」王正平睜開了眼，終於下了決定，他坐正身子，打起精神告訴他：「好，我來，我們來試試看。」

「你真的決定這樣做？」

「是呀！為了活下去，只好這樣做了。」

「王正平，剛才我不過是隨便說說而已，你可不要為難噢！」

「唉！什麼難不難的！死，都不怕了，還有什麼為難的?!」

「好，既然你決定了，那我就來替你磨墨，你來寫。」

在兩人全力合作之下，一張「地狀」很快地就寫好了。

副目左看右看，三角眼挑了又挑，帶著讚嘆的口吻：「小兄弟，你這手字，可真棒啊！以前我真不該軟硬都來，騙你去當兵讓你受了這麼多罪，真是──」不知怎麼的，話只說了一半，還有「罪該萬死」你就不說了。為什麼？只有他自己知道。

王正平並沒在意他說了些什麼，也沒有注意到三角臉的表情和內心的變化，他只是盤算著第一次出門去「掙錢」要走哪裡？那兒最熱鬧？距離有好遠？……

副目替他畫了張簡圖、又囑咐他如何走法，然後送他到門口，才和他分手。

王正平告訴副目：「這裡的小偷、強盜多得不得了，你可要特別當心呀！」

「你放心好了，我不會隨便離開的，我會好好看住這兒的一切東西。」

# 十七、以意志克服萬難

這天到了下午，太陽一偏頭，王正平就背著鼓鼓的飯包，回到了他們的窩。

他推門進去，副目躺在被窩裡，就像是睡在北極的冰窖裡一般，一直在打哆嗦。被子起起伏伏忙得不得了。副目喊著：「快，快，給……我蓋被……子子……啊！……冷……死……我……了啊……」

原來副目正在緊一陣、慢一陣地「打擺子」，不停地在祈求著、怨恨著、咒罵著，牙齒打著架，發出「得、得、得……得、得、得……」的聲音。和他以前的「打擺子」的情形一模一樣。

王正平趁空把飯包的食物擺在桌上。把一大把、一大把的銅板以大、小分類，直摞在桌面上，有高有低。如果是平時，他會高興地跳起來，可是現在他跳不起來。因為他的臀部還有一大把棉絮等待他去處理——那是他事先準備好的，由於他的「拉痢疾」沒有好，在外面上廁所是不可能的；痰盂子更不能帶；帶了去，能當眾出醜嗎？所以只有在臀部綁上一大塊棉絮應急了。

周副目打他的擺子，王正平就拉自己的痢疾。以前他們是打鬼子的戰友，現在則是另一戰場對抗病魔的難兄難弟了，他想，彼此既然同病相憐，就要互相有個照顧。

「喝點水吧，」王正平看副目由「冷」而「熱」再「冒汗」的三步曲，一一進行完了，就把茶杯遞給他。他坐起來一仰脖子，就把水「咕嚕咕嚕」地喝完了。

王正平接過空杯子一再供他喝水。

「真是謝謝你呀！小兄弟！」

「謝我什麼？這該謝謝你自己，因為水是你弄來的。」

「可是沒有你，我喝不到呀！」

「別談這些了，我看你一定餓了，先吃個蔥巴吧！這是我從市場上替你帶來的。」

「你呢？」

「我老早吃飽了。」他把圓圓軟軟的蔥巴遞給副目。

他咬了一口，又把它放在桌上，一眼看到了兩三排，高矮不等的「銅板」，就說：「你看看，我說過吧，像你那麼年輕，只有『告地狀』才有辦法，果然不錯。」

「唉，副目，這是什麼辦法嘛！我覺得簡直是丟人、現眼，連八輩子祖宗的臉都被我給丟完了。」

「這也不怪你呀！應該怪軍隊，它丟了我們！怪政府有關單位，它們不收留我們！不救濟我們！讓我們一個個淪為小偷、乞丐，淪為孤魂、野鬼！……。副目越說越有氣、越難過，說到「孤魂野鬼」時，竟然「嗚嗚……」地嚎啕大哭起來！一個大男人哭得前仰後合、哭得涕泗滂沱，不能自己！把王正平一下子弄得楞住了！眼皮一眨一眨地傻了起來，不知是忘了哭？不會哭？還是已經哭不出來了?!

直到副目哭累了，眼淚似乎也哭乾了，脖子的抽搐，胸脯的起伏，都恢復正常了。王正平才提醒副目：「你的蔥巴還沒吃完哩？」

「嘴苦，吃不下。」

兩個人靠住牆、相對沒有再講什麼。但王正平腦子裡的此時却浮現了好多他在街上「告地狀」所見到的畫面。

那麼多的傷患！一個個蓬頭垢面、衣衫不整已經夠「刺眼」，而且很多人還夾著根「打狗棍」、提了些大小不同的瓶瓶罐罐，大家被火燒黑了的，看起來比家鄉的叫化子還不如。有幾個去偷人家的魚，被老百姓追打，便兩手抱頭哀求叫饒，也有些人沿街乞討，老百姓一見到了就馬上關門，他們竟然用棍棒敲打人家的大門，大聲地謾罵。至於搶奪婦女的菜籃子、錢包，把大便丟進饅頭舖……等等事情，更是不斷發生。

不知誰在牆上寫的粉筆字，例如：「保國衛民的下場，就是這樣嗎？」「我們的救護車哪裡去了？」「醫護人員哪裡去了？」「請你們大發慈悲，救救我們吧！」「救我們，就是救你們自己！」「我們寧肯戰死！不願病死！」……有些字跡已經模糊了，但有些字還滿清楚，每個字都是發自內心深處，每句話都是一種控訴……。

想到這兒，王正平覺得內心有無比的痛楚，忽然，周副目又說話了。

「小兄弟，我有個請求？」

「有什麼事，你儘管說吧。別跟我客氣。」

「我想去買點金雞納霜丸，來治療打擺子。」

「唔，我早就去過了，可是藥房老闆一看有傷患來了，馬上就把大門關了！」

「難道給他們錢還不行？」

「是呀，他們根本不讓你有給錢的機會。」

「唉！」沉默了一會兒，副目說：「我再去一趟，試試看，順便給你買幾包「生肌拔毒散」，敷在傷口上。另外，米也該補充一點了。」

「那就這麼辦吧，你把桌上的錢都拿去好了。」王正平對他說：「免得等會買東西時，錢不夠。」

「這怎麼好意思？」他把手伸了伸，又幾乎縮了回來：「是你掙的錢，而且——」

「這時候你還講這些話幹什麼？快點拿去辦事吧。」

副目拿錢出去以後，王正平略事整理，便掀開被子、一股濃重的酸臭味，衝了上來，有點近似掀開餾饅頭的大鍋蓋。他就勢把被子的汗蒸汽抖了幾下，才躺下來。想想以前在游河受訓打擺子的情形，雖說同是生病，但環境不一樣，心情也就大不相同了！那時有人關心、有人照顧，可是現在有誰管呢？

他剛睡下不久，便感到脖子裡、腰窩裡、渾身上下都有「小蟲」在爬動，把他弄得癢癢的，很不好受。

「糟了！」經驗告訴他，那是副目身上的蝨子，有一部份已經搬到他的「窩」裡來了。本來，「吃糧當兵」身上哪有不生點蝨子、長點癢瘡什麼的？不過在這兒衣、被都已換過了，傷口的蛆蟲幾乎是絕跡了。如今因為副目的介入，要用自己的鮮血，餵他的蝨子，總有點怪怪的感覺，有人以「貧病交加」來形容人的落魄勁兒，已經是倒霉透頂，他除了貧和病以外，還受了傷，還要再替人家餵蝨子，這不是更糟透頂了嗎？尤其是蝨子，別看它小得像芝蔴、爬行得那麼慢，但它的繁殖力強、生得快，只要牠一鑽進了衣縫裡，很快就會產生一些像白魚子般的卵，再生出一大批蝨子出來，即使你「火烘」、用牙齒順著衣縫咬，也都難以完全消除牠們的。

「他鄉遇故知」原是很開心的事，但是副目連吸血的蝨子也一起帶來了，馬上就起了壞作用，這是始料所不及的！可是，在緊要關頭，副目能為他打來水，給自己飲用，使得燒飯和清洗傷口等問題，都一下子順利解決了，他不得不感謝副目在緊要關頭伸出了援手。如今又怎麼能為虱子的小事對他產生不滿和厭惡呢？

王正平在思前想後，房門「吱呀」一聲，副目進來了。他問王正平：「怎麼？睡著了？」

「我在等你吶。」

「這下什麼問題都解決了。」副目掏出來大包藥，又把大包打開，分成若干小包：「喏，這是你的『生肌拔毒散』，你只要等會先把傷口清洗乾淨，把藥粉撒在上，就能拔毒、生肌，傷口很快就會好的。」

「好，謝謝你。你的藥買來了沒有？」

「喏，這是金雞納霜丸，等明天病發前一頓飯的功夫，先吞兩顆，連服幾天就會慢慢痊癒的。」說著他把剩下的銅板也交給王正平。

由於這一次「告地狀」有了好的開始，以後的日子，兩個人便分工合作，一個去做「告地狀」，一個就留在屋裡打水燒飯，雖然沒有多的收入，但溫飽的起碼要求，是勉強可以解決了。特別是副目的「打擺子」也因連續服藥而告痊癒。只是王正平的腿傷雖然好了很多，但是他的「拉痢疾」卻沒有像傷口那樣「進步」，他雖然也去買了些藥來吃，但不知是藥力欠佳？還是「痢疾」病太頑強？總是拖拖拉拉地斷不了根。

不過，「告地狀」有點像農夫在小河裡網魚。在原地網的次數多了，也就沒有魚兒上網了。王正平也曾試著「轉移陣地」，但是別的街道上行人稀少，大都是匆匆而過，根本沒有什麼人去看「地狀」，所以每天收入便越來越少了。

有天，當他勉強出門，提早回「窩」，一看門是開著的，心裡就是「驚」！副目呢？也不見了。他再看看屋裡，竟然「空空如也」！所有東西都沒有了，不！還剩下一個他常用的「痰盂子」。另外還有兩個陌生的病號睡在乾草上，正在「爹呀、娘呀」的嚎叫著……。

這下，王正平「火」大了！他們怎可「鵲巢鳩佔」，這麼不講理呢？

「喂！喂……」他逐漸提高了嗓門：「你們是什麼人？怎麼可以住在我家裡？」

「誰的家？」其中之一停止了嚎叫，轉臉望住他，似乎也生氣了。

「這根本是空房子，」另一個也不甘示弱：「難道我們住不得？呃?!」

「什麼？空房子？」王正平這下呆住了！他想：早上出去的時候，明明裡面還有那麼多東西，怎麼會是空房子呢？」

「你到底走不走呀！」那兩個病人都拿起了手杖：「再不走，我們可要不客氣了。」

王正平沒辦法，只好退了幾步。

「完了！完了！……」他告訴自己：「這下真的完了！外面那麼冷！自己的病還沒好，衣服又很單薄，要是夜裡沒被子蓋，沒有被病死，也會被凍死的。可是副目他到哪裡去了呢？為什麼會不辭而別呢？他如果要走，起碼也要等我回來才行呀！難道這個常常自誇是當年「喜峰口」、「居庸關」的抗日英雄，如今竟會淪為被自己所不齒的強盜、小偷不成？以前在新安被他「軟硬兼施」騙進軍隊裡，而現在難道又會再害我一次？這下他簡直有些糊塗了，也不知道是怨、是恨、是後悔、是憐憫、是瘋、是傻？百感交集地呆在那兒，也不知要怎樣辦才好了。

「別在裝呆啦！」其中一個病人又把手杖揚了揚：「你到底是走不走嘛！」

「求求你們，讓我今晚暫時睡在這裡、好不好？」

「不好！」

「只住一夜，也不行嗎？」

「拍——」地一聲，棍子打在他的左肩上：「你他媽的，好嚕嚇！」幸好他閃得快，只打在肩上，要不，棍子如果打在腦門上，那就慘了。

他沒有料到同是病號，他們居然會來這一招。雖然棍子只是打肩膀上，但它像刀割的一般，痛得有點吃不消。

「好，我走，我走！」王正平一手搗住疼處、一手穿上膠鞋，正要走出去，但他一眼看到了痰盂：

「把它給我好不好？」

「什麼？」

「那個臭痰盂。」上面還有些蒼蠅在飛舞著。

「拿去！拿去！」一個病號用腳把痰盂踢了過來。

王正平把痰盂拿到外面，找些破紙、爛布，把它擦了擦，眼望著被關閉了的房門，裡面恢復了略顯低沉的陣陣呻吟聲……。他想，不管他們是死、是活，總算有個落腳的地方。而自己呢？今晚要到哪裡去住呢？……。

一想到住的問題，他就想到副目做得未免太絕了，兩條被子居然都帶走了，走到哪裡去？唉！亂世人心，也未免太可怕了，他實在不敢再想下去。

# 十八、苦盡甘來，光明重現

又是一個黃昏的來臨！風鈴從半角的屋簷下傳來「叮噹、叮噹」的聲音，和風過處枝條被抽打的哀叫聲相互激盪著，構成了一闋淒涼的樂章。是為那些身首異處的泥菩薩鳴不平?!還是為無情戰火的一些傷病的人同聲一哭呢？

哭，是早被遺忘了。目前最迫切的問題是，必須重新再找個「窩」。

教務處和訓導處的辦公室，早被傷、病號住滿了，常常傳出一陣陣「乾哭」、和一些低沉嘶啞的呻吟。以及「爹呀！娘呀！」的喊叫聲，從寒風裡隱隱約約傳來！以前看章回小說，有「鬼哭神嚎」的詞句。如今，身臨其境，才深深體會到這點，不禁有些毛骨悚然起來。

他費了很大的力氣，以手代足「挪」了好幾個地方，終於又找到了一間很大的破舊的房舍；不過裡面也似乎了睡了好幾個人，而令他感到奇怪的是：這些人似乎都睡著了，並沒有發出什聲音：他想，這樣也好，只要不去驚醒他們，大概就不會被他們趕走了。於是，他儘量放小聲音悄悄地「挪」了進去，在一個角落裡坐了下來。

好不容易挨到天亮，就想早些出去，但是室內已經冷得不得了，外面不是更糟！

「到哪裡找件禦寒的衣服？」他抱著脖子，縮著頭、打著寒顫。他的窘像大概別人看出來了。有個微弱而關懷的聲音，在耳旁邊響起：

「冷啦，是不是？」

「……」他點點頭，向右一轉臉，睡在他旁邊的是個浮腫的「胖子」，把他嚇了一跳，但又不能表現出來。

「喏，你把對面那幾個朋友的衣服脫下來就是了。」「胖子」的話說得好輕鬆：「我的衣服就是他們送的。」

聽「胖子」這樣說，他心中不免感到十分疑惑；他怎麼要我去脫別人的衣服呢？難道別人就不怕冷嗎：難道他們——？他揉了揉眼睛，仔細地朝對面看去，看到那些人果然都一動也不動，難怪也沒發出一點聲音，原來是一些早已死掉的人。一想到昨晚自己竟然是和一些死人睡在一起，他不禁連連打了幾個寒噤。

他一下子也不怕冷了。竟忽然有了力氣，兩隻手插進破膠鞋裡「嗤啦，嗤啦……」的很快的爬了出去，好像後面有日本兵托著刺刀在追趕似地。他也顧不了地上有無石頭、釘子什麼的，會不會刺穿臀部的狗皮和自己臀部，一口氣爬到了大門口。

人，是爬了出來。但是一到外面，被冷風一吹全身又冷得發抖，他坐在門口右手的石凳上；那是副目以前坐過的地方。他們重逢後相處沒好久，天天吃他、喝他、用他的錢買藥；結果治好了痛，那個忘恩負義的東西竟不辭而別。不該拿的一樣沒留下，留下的却是一身蝨子，再也甩不掉了！

這時，已有一些病號在進進出出，他們面無表情，每人右手提一提「討飯棍」右手提一個洋鐵筒，有的身上還披著灰軍毯。看他們的樣子，就知道又是為了一天的生活在開始奔波了。現在，自己又該怎麼辦呢？

「『告地狀』還去不去？」他一再質問著自己。由於經驗所得，「告地狀」目前已經每下愈況，好心人愈來愈少，而壞心腸的人，却越來越多。以前討的錢，本來還有點結餘，但是已經全被副目這個混帳王八蛋給偷走了。所以，他有些灰心，有點不想再去了。他摸摸飯包，裡面還有昨天買的兩個蔥巴，他想，只要省著吃，今天大概就可湊和了。目前最迫切需要的就是去找點水喝。

「嗤啦，嗤啦……」這是自己臀部下面的狗皮，由於已漸漸磨爛，一擦在地面，就會發出的一種聲音。而且有時也會被釘子、石頭穿過來，刺痛屁股。但目前又無法找到新的來換，只好不去管它了。辛苦地轉了好幾個地方，終於在一個好心的老太太那兒，討得了半碗水喝，使得自己又有了一點精神。

喝完了水，他就想下一步該怎麼辦？他想到自己當初來沙陽的目地。是為了找到一所能收容他的醫院。現在沙陽既然沒有醫院，那就得到十里舖去看看才行。

可是，以自己目前這種現況，要想去十里舖，還是很不容易的，雖然經過這幾天的休息，自己的腿傷已好了些，痢疾也已治好了，但是行動仍然十分艱難，要想以手代足，把自己「挪」到十里舖去，看來是不太可能，何況身上一毛錢也沒有，路上沒吃沒喝，還不是死路一條嗎？

正當他越想越覺得絕望時，意外地，他忽然聽到有人在大聲喊著：

「好消息，有救護車來了，停在電燈廠前面，大家快過去，裝滿了就開車！」

一聽到這個消息，馬上從四面八方圍攏了一大群人，大家七嘴八舌地在紛紛議論著：

「這消息可不可靠呀！」

「電燈廠到底在哪兒呀！」

「不知要走多久才走得到呢？」

「……。」

議論的還在議論，有些人却已不聲不響地提著手杖，「的哩嗒啦……」地已經朝著街頭那邊動身了。而一些不能行走，靠著臀部和「以手代腳」的人，也不顧了身上的傷痛，「手忙腳亂」地也跟著他們咬著牙關向前掙扎。

王正平就是其中之一。不過他把痰盂、瓶罐等東西都一齊扔掉了，以減輕重量，希望能夠趕上他們，而不至於被「摔」掉。可是「走」了不多遠，就因為沒有了力氣而掉「隊」了。當他好不容易氣竭力快爬到目的地時，遠遠看到有汽車在發動，四盞車燈像光柱般地穿透夜空，接著，便在「嗚嗚……」的鳴叫聲中駛離了電燈廠，一剎那的功夫，就開得無影無踪了！

這使得王正平和一些與他「同病相憐」的人，在一陣驚愕中發出了一聲聲的尖叫聲，接著便由傷心的哭泣到絕望的呻吟和囈語；聲音也由大變小，由強變弱。最後便是「呼呼」而強勁的寒風，席捲大地，挾沙石，塵埃、殘葉以俱至，連高掛天空的星、月，也都躲進了烏雲中，變成一片朦朧了！……

寒風吹得抬不起頭、睜不開眼。這時，王正平實在已爬不動了。但是，總不能停在原地不動呀！這樣，不要多久，人一定會被凍僵過世的。他想：與其被凍死在這兒，還是繼續地向前爬行吧！一切等到了電燈廠才說了。

他稍微休息了一會，在強烈的求生意志驅使下，終於再度鼓起勇氣，朝前「挪」動。此時，他不禁在想：

以前長官告訴過他們：「不論在任何情況下，人都不要放棄希望，只要朝著希望去努力，一定會成功的。」對，目前自己絕不能放棄希望。既然有了救護車出現。雖然已開走了，但說不定仍會開回來，因為還有這麼多的傷兵要運，它們沒有理由放棄呀！

費了九牛二虎之力氣，王正平終於「走」到了電燈廠，這時他才知道這兒並不是什麼電燈廠，而是一個小車站，是因離電燈廠很近，所以被叫做電燈廠車站而已。

這時已是深夜。天又冷、風又大，車站只是一幢孤伶伶的小房子，怎能抵擋住寒風吹襲呢？照說，車站附近應該有些燈火、攤販什麼的，可是這兒既無燈火，也沒有什麼攤販，到處是一片黑漆漆的，顯得十分恐怖。尤其擠在車站內的一群傷兵，都是和王正平一樣是一些手腳不靈活的人，有的還傷得很重，所以才沒趕上開走的救護車，而被困在這兒。他們有的是用破爛的軍毯、衣服裹住身體，相互擠做一團，以抵禦寒冷；有的則在小房子的背風處呻吟哭叫、怨懟不已！實在是人世間一幅相當淒涼的畫面。

王正平倒很慶幸自己臨來時，在丟棄的物品中，他撿到了一條破毯子，終於使自己熬過了要命的一夜。到了第二天清晨，為大家千盼萬盼的兩輛車，終於在大家已陷於半痲痺，快要失去知覺以前，開到了面前。

雖有看護兵的維持秩序，但是，大家還是爭先恐後都向車子上擠。有的人是被半推半拉而才被弄上去的。有些傷得較重的人，則在一片「哎喲喲！」、「輕一點！輕一點！」、「嘖，嘖，嘖……」的叫嚷中，被人抬了上去。不一會兩部車子就像沙丁魚似地被塞得滿滿的了。

車子發動了，緩緩駛出電燈廠，轉了兩個彎，車子加速了速度，就像參加比賽的野馬，在路況欠佳的道路上疾駛，狂奔。有的人被掀了起來，又摔下去，週而復始，大家的哭叫聲，比一刀捅進脖子的豬叫聲還要令人「發毛」！

其實，被用作「救護」傷患的，是兩部沒有車蓋的鋼板車，又硬又冷、一些腳斷、臂破的重傷患，躺在上面其滋味實在太難受了。好在沒有多久，大家終於被送進了設在沙市的「晴川中學」中的野戰醫院。

一直到第二天上午，王正平仍在悠悠的迷夢中，耳旁邊似乎有人呼喚他：

「醒醒吧，起來吃早飯，稀飯快涼了……」

王正平緩緩睜開眼睛，却是一片白茫茫的，再仔細看看，有一位短髮的小姐，站在面前。

「小姐，這是哪兒？」

「沙市野戰醫院。」

「妳是說，我已經進了醫院？」

「是的。」她點點頭、微笑，笑得好柔和、好慈祥：「稀飯快涼了。快吃吧！用了飯，就可以換藥。」

「這，這……這是真的！」他幾乎衝口而出。他真地驚異了！白牆、白門、玻璃窗、白床舖、紅「十」字的雪白被子！……。他忽然想起：

「小姐，我的軍毯呢?!」

「對不起。」她還是微笑著：「你們所有破舊的衣物，都丟掉了，有的已經焚燒了。」

「我的——」他只說了一半，摸摸自己的內衣、短褲，有股新的氣味，便把「衣服呢」沒有再說出來。

「你的日用品，我們都要一一發給你，還有你的薪水也要發給你。等你換了藥，再辦入院手續。你進了醫院，就像到了自己的家，一切都不會有問題的。」

「真的！」他幾乎有點不相信，自己會有這樣好的運氣。

「喏，你看看這些病床上，」她轉了半個身子，以手示意和藹地說：「這些負傷的弟兄都跟你一樣，不是都受到很好的照顧嗎？」

他順著她的手勢緩緩望過去，唔，靠窗戶的兩排病床，足有二三十位病號，雖然還有不少人在「呻吟」著，但却顯得那麼悠閒、那麼安逸，如果說以前是絕望的掙扎，那麼現在的「呻吟」，已是新生命的開始。

「小兄弟，快把稀飯喝下去，會舒服些。」護士又在催他。

「我……。」突然，他把飯推了過去，一把拉住被子，緊緊地蒙頭，低聲地抽泣起來，究竟是感激、是高興、是喜悅還是哀傷，他自己也搞不清楚。

護士小姐端著碗，噙著淚水，看著他的被子不斷地抖索著、抖索著……。

釀文學65　PG0713

# 浴血武漢
## ──李效顏長篇戰爭小說

作　　者　李效顏
責任編輯　林千惠
圖文排版　譚嘉璽
封面設計　王嵩賀

出版策劃　釀出版
製作發行　秀威資訊科技股份有限公司
114 台北市內湖區瑞光路76巷65號1樓
電話：+886-2-2796-3638　傳真：+886-2-2796-1377
服務信箱：service@showwe.com.tw
http://www.showwe.com.tw
郵政劃撥　19563868　戶名：秀威資訊科技股份有限公司
展售門市　國家書店【松江門市】
104 台北市中山區松江路209號1樓
電話：+886-2-2518-0207　傳真：+886-2-2518-0778
網路訂購　秀威網路書店：http://www.bodbooks.com.tw
國家網路書店：http://www.govbooks.com.tw
法律顧問　毛國樑　律師
總 經 銷　聯合發行股份有限公司
231新北市新店區寶橋路235巷6弄6號4F
電話：+886-2-2917-8022　傳真：+886-2-2915-6275

出版日期　2012年3月　BOD一版
定　　價　270元



**Printed in Taiwan**

國家圖書館出版品預行編目

浴血武漢：李效顏長篇戰爭小說 / 李效顏著. --
一版. -- 臺北市：釀出版, 2012.03
面； 公分.
BOD版
ISBN 978-986-6095-83-2(平裝)

857.7 100027991

# 讀者回函卡

感謝您購買本書，為提升服務品質，請填妥以下資料，將讀者回函卡直接寄回或傳真本公司，收到您的寶貴意見後，我們會收藏記錄及檢討，謝謝！如您需要了解本公司最新出版書目、購書優惠或企劃活動，歡迎您上網查詢或下載相關資料：http:// www.showwe.com.tw

您購買的書名：______________________________

出生日期：________年________月________日

學歷：□高中（含）以下　□大專　□研究所（含）以上

職業：□製造業　□金融業　□資訊業　□軍警　□傳播業　□自由業

□服務業　□公務員　□教職　□學生　□家管　□其它______

購書地點：□網路書店　□實體書店　□書展　□郵購　□贈閱　□其他

您從何得知本書的消息？

□網路書店　□實體書店　□網路搜尋　□電子報　□書訊　□雜誌

□傳播媒體　□親友推薦　□網站推薦　□部落格　□其他__________

您對本書的評價：（請填代號　1.非常滿意　2.滿意　3.尚可　4.再改進）

封面設計____　版面編排____　內容____　文／譯筆____　價格____

讀完書後您覺得：

□很有收穫　□有收穫　□收穫不多　□沒收穫

對我們的建議：______________________________

______________________________

______________________________

______________________________

請貼
郵票

11466
台北市內湖區瑞光路 76 巷 65 號 1 樓
**秀威資訊科技股份有限公司** 收
BOD 數位出版事業部

（請沿線對折寄回，謝謝！）

姓　名：＿＿＿＿＿＿＿＿　年齡：＿＿＿＿　性別：□女　□男

郵遞區號：□□□□□

地　址：＿＿＿＿＿＿＿＿＿＿＿＿＿＿＿＿＿＿＿＿

聯絡電話：(日)＿＿＿＿＿＿＿＿＿＿ (夜)＿＿＿＿＿＿＿＿＿＿

E-mail：＿＿＿＿＿＿＿＿＿＿＿＿＿＿＿＿＿＿＿＿